CZARINE

DRAME EN CINQ ACTES, EN HUIT TABLEAUX

PAR

JULES ADENIS ET OCTAVE GASTINEAU

PARIS

MICHEL LÉVY FRÈRES, LIBRAIRES ÉDITEURS

RUE VIVIENNE, 2 BIS, ET BOULEVARD DES ITALIENS, 15

A LA LIBRAIRIE NOUVELLE

MDCCCLXVIII

LA CZARINE

DRAME

Représenté pour la première fois à Paris sur le théâtre de
l'Ambigu-Comique, le 30 mai 1868.

POISSY. — TYP. BOURET.

LA CZARINE

DRAME EN CINQ ACTES ET HUIT TABLEAUX

PAR

JULES ADENIS ET OCTAVE GASTINEAU

L'AUTOMATE, JOUEUR D'ÉCHECS

PAR M. ROBERT-HOUDIN

PARIS

MICHEL LÉVY FRÈRES, LIBRAIRES ÉDITEURS

RUE VIVIENNE, 2 BIS, ET BOULEVARD DES ITALIENS, 15

A LA LIBRAIRIE NOUVELLE

—

1868

PERSONNAGES

LE BARON DE KEMPELEN, savant
hongrois.............................. MM. Omer.
GRÉGOIRE ORLOFF, prince de l'em-
pire de Russie...................... Montal.
LE COMTE CHRISTIAN VOROWSKI,
aide de camp de Catherine II...... Régnier.
LE MARQUIS RENÉ DE VERNEUIL,
ami de Christian................. Pernin.
LE COMTE VASILI, maréchal du pa-
lais............................... Machanette.
FRITZEN, jeune ouvrier mécanicien.. Allart.
YMÉLIAN POUGATSCHEFF........ Richer.
LE GOUVERNEUR DE SCHLUSSEL-
BOURG............................ Delanglay.
UN ÉMISSAIRE D'ORLOFF............. Didier.
LE JUGE CRIMINEL................... Mayer.
NICLÉWITCH, lieutenant............ Buckler.
UN HUISSIER...................... Lauret.
1er SOLDAT........................ Perret.
2e SOLDAT......................... Dubois.
CATHERINE....................... Mmes Marie-Laurent.
MARIE DE KEMPELEN, fille du baron. Lacressonnière.
LA COMTESSE YERMOLOFF, dame
d'honneur......................... Charlotte Bardy.
VLASTA, bohémienne............... Marie Boutin.
1re DAME D'HONNEUR............... Échevin.

Courtisans, Dames d'honneur, Gardes, Cosaques,
Sorcières de l'Ukraine.

En Russie, vers 1764

LA CZARINE

ACTE PREMIER

PREMIER TABLEAU

L'ermitage

Le jardin d'hiver à l'Ermitage sous Catherine II.

SCÈNE PREMIÈRE

CATHERINE, MARIE DE KEMPELEN, VASILI, CHRISTIAN, DE KEMPELEN, LA COMTESSE, YERMOLOFF, Dames D'honneur, Officiers, Courtisans.

Au lever du rideau, Catherine est assise à droite, au premier plan, devant une table sur laquelle est un échiquier. Elle joue avec Marie de Kempelen assise vis-à-vis d'elle. Christian se tient debout derrière le fauteuil de la Czarine. Le baron de Kempelen, en face et appuyé sur le dossier du siége de sa fille. — Tous deux suivent la partie avec intérêt, ainsi que Vasili et quelques courtisans qui, debout, entourent la table. — Au premier plan, à gauche, la comtesse Yermoloff est assise sur un canapé et montre, à deux dames d'honneur, des gravures de modes et une poupée. Au deuxième plan, du même côté, quatre courtisans assis à une table, jouent aux cartes. Au fond, des aides de camp et des officiers se promènent en causant.

LE BARON DE KEMPELEN, vivement à sa fille.

Attention! tu va faire prendre ton cavalier.

CATHERINE.

Ah! monsieur, si vous conseillez, les forces ne seront plus égales?

LE BARON, *riant.*

Permettez-moi de vous faire observer, madame, que ce n'est pas un conseil, mais un simple avertissement.

CATHERINE, *riant.*

Permettez-moi de vous faire observer, monsieur, que votre fille est votre digne élève, et que je ne suis pas sûre de gagner.

VASILI, *avec galanterie.*

Ah! madame, qui donc oserait vous résister?

CATHERINE, *riant.*

Oh! ce n'est pas vous, mon cher Vasili, je le sais, mais l'échiquier n'est pas un courtisan.

La partie continue en silence.

LA COMTESSE TERMOLOFF, *montrant la poupée.*

Voyez donc, mesdames, l'adorable toilette que portait la duchesse de Choiseul au dernier bal de Versailles.

UNE DAME.

Est-ce que cette poupée lui ressemble?

LA COMTESSE, *riant.*

Le marquis de Verneuil le prétend

UNE DAME.

Le marquis de Verneuil?

LA COMTESSE.

Oui, ce jeune Français qui est arrivé avant-hier à Pétersbourg pour remettre à la Czarine la réponse du Philosophe Diderot.

CHRISTIAN, *se penchant sur le dossier du fauteuil de Catherine.*

Vous ne déplacez pas votre roi, madame ?

CATHERINE, *se retournant vers lui.*

Est-ce qu'il est en danger?

VASILI, *vivement.*

Si madame daigne s'intéresser à lui, il ne peut courir aucun danger !

LE BARON, *riant, à la Czarine.*

A mon tour de protester ! Vous avez dit : pas de conseils, madame, et vous avez consulté votre aide de camp qui, lui aussi, est de première force.

CATHERINE, *jouant.*

C'est vrai! mais puisque votre fille a déplacé son cavalier tout à l'heure, je fais marcher mon roi... nous sommes quittes !

SCÈNE II

Les Précédents, RENÉ DE VERNEUIL.

DE VERNEUIL, entrant par le fond.

Voilà qui est étrange, on m'enlève mon épée, on me prend mon chapeau, et on ne m'annonce pas?... (Apercevant Catherine.) Ah ! la Czarine ! (Il s'approche et salue profondément Catherine. Majesté...

Catherine absorbée par son jeu ne lui répond pas.

VASILI, à demi-voix, lui faisant signe de s'éloigner.

Chut ! Chut !

VERNEUIL, étonné.

Hein ? (Apercevant Christian et allant à lui.) Parbleu, mon cher Christian, je suis heureux de...

CHRISTIAN, l'interrompant vivement avec le même geste que Vasili.
A dem.-voix.

Bien ! Bien, plus tard !

VERNEUIL, très intrigué.

Bah ! quelle singulière réception ! (Apercevant la comtesse.) Ah ! mesdames...

Il s'approche d'elles en saluant.

LA COMTESSE.

Eh ! arrivez donc, monsieur de Verneuil, nous vous attendions avec impatience ... Expliquez-nous donc, à ces dames et à moi, comment est attachée cette jupe?... (Elle lui donne la poupée.) Et d'abord, comment tient-elle ?

RENÉ, embarrassé.

Comment elle tient... Ah ! diable !... Elle tient... (Riant) juste assez pour qu'on la détache !

LA COMTESSE.

Voulez-vous bien vous taire, vous vous croyez donc à Versailles ?

RENÉ.

Ah ! justement, je voulais... vous permettez. (Il s'assied à côté d'elle.) Justement vous me voyez très-intrigué, expliquez-moi donc, chère comtesse...

LA COMTESSE, l'interrompant.

Chut !

RENÉ, *surpris.*

Ah bah! vous aussi!

LA DAME, *à demi-voix.*

Il n'y a ici ni comtes, ni comtesses.

LA COMTESSE.

Nous sommes à l'Ermitage.

RENÉ.

Je le sais... Mais hier, quand j'ai été présenté à Sa Majesté...

LA COMTESSE, *l'interrompant.*

Chut! il n'y a pas de Majesté! Vous n'avez donc pas lu le règlement?

RENÉ.

Quel règlement?

LA COMTESSE.

On ne vous en a pas remis un exemplaire quand vous êtes entré.

RENÉ.

On ne m'a rien donné, au contraire, on m'a tout pris!... mon chapeau, mon épée... Je m'aperçois cependant qu'on m'a laissé mes yeux et mon cœur, belle comtesse!...

LA COMTESSE.

Encore?

RENÉ.

Ah! c'est vrai!... chut!

LA COMTESSE, *à Vasili.*

Monsieur Vasili, soyez donc assez aimable pour me passer un exemplaire du règlement?

VASILI.

Comment donc, belle dame.

Il va prendre une brochure sur une table, et la lui donne. Durant ce qui précède, la partie d'échec a continué; mais Marie ayant rencontré à plusieurs reprises les yeux de Christian, elle s'est troublée chaque fois et joue précipitamment.

LE BARON, *vivement à sa fille.*

Mais que faites-vous donc, Marie, encore une faute?

CATHERINE.

En effet, mon enfant, depuis un moment vous semblez distraite?

MARIE.

Il est vrai... je vous demande pardon.

CATHERINE.

Remettez-vous... (Se tournant vers Christian.) Et vous aussi...
vous n'êtes plus au jeu... A quoi pensez-vous donc?

CHRISTIAN, vivement.

C'est que... vous allez au-devant des meilleurs conseils...

CATHERINE, au baron.

Croyez-vous que je sois de force à gagner votre automate,
monsieur de Kempelen.

LE BARON, étonné et vivement.

Mon automate?

CATHERINE, riant.

Oh! ne faites pas le discret, monsieur le savant, je sais
que depuis longues années vous vous occupez d'une merveille de mécanique... d'un automate joueur d'échecs.

LE BARON.

Qui a pu vous dire?...

CATHERINE.

J'ai interrogé ce jeune ouvrier allemand, cet habile mécanicien que vous avez amené... Cette invention, je vous l'a-
voue, me paraît invraisemblable! Comment est-il possible de
prévoir les mille et une combinaisons du jeu d'échecs? En
tout cas, j'espère bien que vous ne quitterez pas la cour de
Russie sans que je l'aie vu, ce curieux automate?

LE BARON.

Il est loin d'être terminé, et je crains bien que ce soit encore une invention impossible à réaliser.

CATHERINE, à Marie.

C'est joué?

MARIE.

Oui, madame.

CATHERINE, jouant.

Échec au roi!

LA COMTESSE, à René.

Vous pouvez lire tout haut, vous savez?

RENÉ, qui a parcouru le règlement, lisant haut.

« En entrant à l'Ermitage, on déposera ses titres, son rang,
son chapeau et son épée, car les prétentions fondées sur les
prérogatives de la naissance ou tout autre sentiment de
même nature, doivent rester à la porte. » (Parlé.) Oh! oh! M. de
Voltaire a passé par là! (Lisant.) « Asseyez-vous, restez debout

faites ce que bon vous semblera... mais soyez gai, et ne cassez rien! » (Riant.) C'est trop juste... (Lisant.) « Laissez-les rancunes à la porte. » (Parlé.) Ah çà! mais, la porte doit être encombrée. (Lisant.) « Ce qui est entré par une oreille doit sortir par l'autre, avant de passer le seuil de l'Ermitage. » (A la comtesse.) Mais ce qui entre par les yeux et dans le cœur?...

LA COMTESSE.

Arrivez aux pénalités...

Elle lui indique le passage du doigt.
RENÉ.

Comment il y a des gages?

LA COMTESSE.

Dites des punitions!

RENÉ, lisant.

« Tout contrevenant au présent règlement, sera tenu, pour chaque infraction de boire immédiatement un verre d'eau fraîche. » Nota. « Les dames ne sont pas exceptées. » (Parlé.) Voilà qui est cruel!... C'est la question par l'eau!

LA COMTESSE, lui montrant une étagère sur laquelle sont rangés des verres d'eau.

Et voici les instruments de supplice!

VASILI, qui suit la partie, vivement à la Czarine.

Je préviens Votre Majesté que monsieur le baron a fait un signe à sa fille!

CATHERINE.

Comment avez-vous dit cela, Vasili?

VASILI.

J'ai dit : Je préviens Votre Majes... (Il s'arrête court. Catherine rit. Tout le monde l'imite, puis elle indique du doigt l'étagère à Vasili.) Oh! grâce!... C'est la première fois?...

CATHERINE, d'un air impératif.

Je n'ai jamais fait grâce à un coupable.

VASILI, va à l'étagère à contre-cœur et avale un verre d'eau. On rit.

Comme tous les hommes d'État, je suis d'une distraction... J'en ai bu sept hier soir.

RENÉ, à la comtesse.

Maintenant que me voici en passe de devenir... un bon Ermite...

LA DAME.

La conversion du diable!

RENÉ.

Non ! Je ne suis pas encore assez vieux ! Daignez achever mon éducation, et dites-moi quelle est cette jeune personne qui joue avec Sa Maj... (se reprenant.) Avec madame Catherine ?

LA COMTESSE.

Cette jeune personne est la fille — entre parenthèses — du baron de Kempelen qui est debout derrière elle.

RENÉ.

De Kempelen ? Ce n'est pas un sujet Russe ?

LA COMTESSE.

Non, c'est un savant de Presbourg , référendaire de la chancellerie hongroise à Vienne... un homme qui s'occupe avec passion de recherches scientifiques et de sciences mécaniques ; il fait, paraît-il, des merveilles !

RENÉ.

C'est une sorte de Cagliostro ?

LA COMTESSE.

Non pas ! Cagliostro était un sorcier... que ses sortiléges enrichissaient, M. de Kempelen, au contraire, se ruine en inventions ! On pourrait plutôt le comparer à Vaucanson, qu'il a, dit-on, surpassé. — Ne venez-vous pas d'entendre madame Catherine lui parler d'un automate joueur d'échecs auquel il travaille depuis longtemps...

RENÉ.

Et que vient-il faire à la cour de Russie ?

LA COMTESSE.

Il voyage... Et la czarine, qui, vous le savez, recherche tous les savants, a désiré le connaître. — Il est arrivé il y a trois ou quatre jours.

CATHERINE, jouant à droite.

Echec au roi.

RENÉ, à la comtesse.

Sa fille n'est pas un automate, au moins ?

LA COMTESSE, riant.

Ah! ah! elle paraît vous préoccuper beaucoup, dites-moi ?

RENÉ.

Elle est charmante — Mais encore une question ; la dernière !

LA COMTESSE.

Et l'on dit que les femmes sont curieuses !...

RENÉ.

Non, mais il y en a qui causent si bien, que c'est un plaisir de les interroger... (À demi-voix.) Pourquoi Christian se tient-il obstinément près du fauteuil de madame Catherine ?

LA COMTESSE.

C'est l'usage. Vous connaissez donc l'aide de camp Christian ?

RENÉ.

Parbleu ! Le comte Christian Vorowski est venu en France, il y a deux ans environ, et nous nous sommes liés intimement ; si intimement qu'à la sortie d'un bal d'Opéra, il m'a allongé le plus joli coup d'épée...

LA COMTESSE, riant.

Enfin vous êtes attachés par les liens du sang ?

RENÉ, d'un ton de reproche et riant.

Ah ! madame !... Je n'aurais pas osé le dire !

LA COMTESSE.

En tout cas, je vous fais mon compliment, vous n'avez qu'à demander pour obtenir !

RENÉ.

Demander à qui ? à vous ?

LA COMTESSE.

Vous êtes insupportable ! (À demi-voix.) A votre ami ! Depuis huit jours, il ne quitte plus le fauteuil.

RENÉ.

Eh bien ?

LA COMTESSE.

Eh bien, c'est clair. Il est l'aide de camp favori.

RENÉ, stupéfié.

Ah ! bah !...

LA COMTESSE, qui regarde Christian.

Eh ! mais... je n'avais pas remarqué...

RENÉ, interloqué.

Quoi donc ?

LA COMTESSE.

Cet anneau qu'il porte à la main gauche ?

RENÉ.

Eh ! bien ?... c'est une dignité ?

LA COMTESSE.

Mieux encore ; c'est un talisman. Jusqu'à présent Orloff est le seul qui ait été honoré d'une pareille faveur. Nuit et jour toutes les portes du palais s'ouvrent devant cet anneau.

RENÉ, avec intention et riant.

Toutes les portes ?... Ah ! si j'avais ce talisman !...

LA COMTESSE.

Qu'en feriez-vous ?

RENÉ.

Voilà une question que vous ne m'adresseriez pas le lendemain !

LA COMTESSE, lui donnant un coup d'éventail.

Incorrigible !

MARIE, à Catherine.

J'ai perdu, madame.

CATHERINE, se levant.

Par votre faute, mademoiselle, car vous êtes plus forte que
moi !

MARIE, se levant.

Ah ! madame...

VASILI, à Catherine.

Eh bien, moi, j'étais sûr que Votre Majesté gagnerait !

CATHERINE.

Vous dites ?

VASILI.

J'étais sûr que Votre Majes... (On rit.) Ah ! bien ! (Avec hu-
meur.) C'est inouï, c'est inimaginable, je ne m'y ferai jamais.

Il va boire un verre d'eau.

CATHERINE à René qui la salue.

Ah ! monsieur de Verneuil, je suis charmé de voir que
vous avez répondu à notre invitation. Que dites-vous de notre
ermitage ?

RENÉ, riant.

Qu'il est charmant, quand on a besoin de se rafraîchir...

CATHERINE, riant.

Bon, tout le monde n'est pas distrait comme ce pauvre
Vasili...

VASILI.

Je suis trop respectueux, voilà mon crime !

UN HUISSIER, entrant par le fond et saluant Catherine.

L'heure du conseil, madame...

CATHERINE.

Bien, j'y vais. M. de Kempelen, vous savez que nous avons

un rendez-vous... mystérieux, à quatre heures, dans mon
boudoir ?

LE BARON.

Je ne l'ai point oublié, madame.

RENÉ, à demi-voix, à la comtesse.

Ah ! si vous me donniez un rendez-vous pareil... vous
n'auriez pas à me le rappeler ?

LA COMTESSE, riant.

Mais vous n'êtes pas un savant; vous?

RENÉ.

Eh ! eh ! qui sait ?

Catherine sort par la gauche suivie des dames d'honneur. Les hommes

se dispersent de différents côtés.

RENÉ, suivant la comtesse des yeux.

Elle est charmante !

SCÈNE III

CHRISTIAN, RENÉ.

RENÉ, allant à Christian qui, après avoir reconduit et salué la Czarine,
descend le rejoindre.

Enfin, mon cher Christian, nous voici seuls, et je puis
t'adresser mes félicitations... Je ne savais pas avoir pour ami,
un personnage aussi influent. . un Czar de la main gauche.

CHRISTIAN, vivement.

Oh ! tais-toi, je t'en prie !

RENÉ.

Bien ! bien ! tu as le bonheur discret ! Et l'on dit que les
Polonais sont les Français du Nord !... Quelle calomnie ! en
France on crie tout haut ses bonnes fortunes ! Toute la cour
connaît souvent le nom d'une favorite, quand le roi lui-même
est encore à l'ignorer. Enfin, tu es heureux ?

CHRISTIAN, d'un ton soucieux.

Oui, mon ami, oui... très-heureux ?

RENÉ.

De quel ton tu me dis cela ?

CHRISTIAN.

Ah ! c'est que tu ne peux savoir par quel étrange enchaînement de circonstances...

RENÉ, l'interrompant.

Ah ! mon Dieu ! est-ce que par hasard tu aimerais véritablement la Czarine ! (Prenant la main de Christian.) Oh ! mon pauvre ami !

CHRISTIAN.

René, fais-moi un plaisir... ne plaisantes pas sur ce sujet !

RENÉ.

C'est donc sérieux !... alors pardonne-moi et confie-moi tes peines... Le chagrin, vois-tu, c'est comme le vin de Champagne, tant qu'il est renfermé... il s'agite, il se démène, mais dès que le flacon est débouché, il s'échappe et perd de sa force...

CHRISTIAN.

Je sais que je puis compter sur ton amitié, mon cher René, tu m'en as donné assez de preuves...

RENÉ.

Parle alors, je t'écoute...

CHRISTIAN.

Te souviens-tu du motif qui m'avait conduit en France, il y a deux ans ?

RENÉ.

Non... ah ! c'est-à-dire... si fait ! j'y suis ! Tu étais devenu amoureux d'une jeune fille que tu avais rencontrée en Allemagne... une jolie Gretchen qui aurait été sensible à ton amour si malheureusement elle n'avait été fiancée à un Karl ou à un Frédéric quelconque que par des intérêts de famille elle était tenue d'épouser ? Tu avais pris la résolution de voyager pour chercher l'oubli... comme d'autres cherchent le bonheur... et tu vins à Versailles... Rends-moi cette justice que j'ai fait l'impossible pour te distraire : l'Opéra, la Comédie-Italienne, Sylvia, Colombine... franchement, je croyais avoir réussi ?

CHRISTIAN.

Non ! Les plaisirs, ainsi que l'ivresse, ne font perdre la mémoire que pour un moment. Après les caprices, les amours faciles, et souvent coupables, il survient chez l'homme un moment de lassitude dans le présent et de mépris pour les folies passées !... c'est l'âge où l'on entrevoit le vrai but de la vie ! l'amour légitime et béni, avec les joies et les devoirs du foyer! L'âge où l'on regarde attentivement autour de soi, cherchant une compagne à sa vie. J'en étais là le soir où j'ai vu Marie pour la première fois, et j'ai senti battre mon cœur si fort que je me suis écrié : Regarde? ta compagne, la voilà!... Aussi, malgré le temps, malgré l'espace, l'image de Marie revenait sans cesse à ma pensée! C'est alors que je jurai d'étouffer cette passion sous une passion plus dévorante encore : l'ambition!

RENÉ.

Tudieu! quelle rude maîtresse !... pire qu'une femme!

CHRISTIAN.

Catherine avait déjà jeté ses vues sur la Pologne et je me fis donner une mission dans l'espoir de la fléchir et de la faire revenir sur sa détermination. Le moment était favorable, le comte Orloff, notre ennemi déclaré, le conseiller de la Czarine...

RENÉ.

Le Czar véritable.

CHRISTIAN.

Orloff venait de partir pour Foksani traiter de la paix avec l'empire Ottoman... L'accueil que je reçus ici dépassa mes espérances... la Czarine daigna m'écouter plusieurs fois... elle paraissait prendre intérêt à mes paroles, et j'étais heureux déjà d'avoir atteint le but que je me proposais, quand, j'ai honte de le dire, on me fit comprendre que l'intérêt qu'on me témoignait s'adressait plus à ma personne qu'à ma mission.

RENÉ, riant.

Tu es venu, tu as vu, et tu as été vaincu! Peste! c'est une belle défaite!

CHRISTIAN.

Que te dirai-je... l'orgueil, la vanité m'ont tourné la tête... On trouve toujours en soi mille raisons pour excuser une faute. Je vis dans mon influence un moyen certain d'être utile à mon pays.

RENÉ.

Au fait, tu dois être tout-puissant...

CHRISTIAN.

Hélas, mon ami, il y a deux natures chez Catherine. La Czarine et la femme. La Czarine est inflexible, mais chaque jour la femme me donne une nouvelle preuve d'affection ; elle paraît prendre à tâche de resserrer une liaison qu'au prix de ma vie je voudrais aujourd'hui briser...

RENÉ.

Je ne te comprends plus?

CHRISTIAN.

C'est que tu ne peux savoir ce que j'ai souffert depuis l'arrivée à la cour du baron de Kempelen et de sa fille.

RENÉ.

Quoi? La Gretchen que tu aimais...

CHRISTIAN.

C'est mademoiselle Marie de Kempelen...

RENÉ.

Mais son fiancé ?

CHRISTIAN.

Il est mort quelques jours avant l'époque fixée pour son union avec marie. Mademoiselle de Kempelen, que je croyais perdue à tout jamais pour moi... mademoiselle de Kempelen est libre!... entends-tu cela! libre... et moi je ne le suis plus... et cependant je l'ai compris en la revoyant, je suis aussi sûr d'être aimé d'elle, que je suis certain de l'avoir toujours aimée.

RENÉ.

Diable! diable! Et la Czarine est jalouse ?

CHRISTIAN.

D'une façon... absolue !

RENÉ.

Bah! les amours des Czarines doivent ressembler à ceux des rois, qui en somme ne sont que des caprices ! Laisse agir le temps et...

CHRISTIAN, l'interrompant.

Tais-toi! Le maréchal du Palais...

SCÈNE IV

CHRISTIAN, RENÉ, VASILI.

VASILI, s'inclinant profondément.

M. le Comte me pardonnera si je prends la liberté de le déranger.

CHRISTIAN, sèchement.

Que voulez-vous ?

VASILI.

Sur les ordres de la Czarine, j'apporte à M. l'aide de camp son traitement du mois.

CHRISTIAN, surpris.

Ah!... c'est vous qui êtes chargé...

VASILI.

Oui, M. le Comte, cet office rentre dans les attributions du maréchal du palais. Voici douze mille roubles.

Il lui présente une bourse.

RENÉ.

Douze mille roubles! corbleu! les officiers sont bien payés ici...

CHRISTIAN.

Permettez, M. le maréchal, quel est donc le traitement des aides de camp ?

VASILI, obséquieux.

Cent roubles par mois, M. le Comte...

CHRISTIAN.

Mais vous m'en apportez douze mille ?

VASILI, saluant.

M. le Comte n'est pas un aide de camp... ordinaire.

CHRISTIAN, avec colère.

Monsieur...

RENÉ, l'arrêtant.

Christian !...

VASILI.

Et j'exécute les ordres que j'ai reçus, M. le comte.

CHRISTIAN.

Il suffit ! Donnez ?

Il prend la bourse en retire cent roubles qu'il met dans sa poche, puis s'approchant de la fenêtre, il l'ouvre toute grande.

RENÉ, qui l'a suivi, regardant par la fenêtre.

Tiens! qu'est-ce que tout ce peuple fait là ?

CHRISTIAN.

Il attend la Czarine pour la voir et l'acclamer à la sortie du conseil. (Jetant l'or par la fenêtre.) Au nom de la Czarine, mes amis. Vive la Czarine !

LE PEUPLE, au dehors.

Largesse! largesse ! Vive la Czarine !

Christian referme la fenêtre.

RENÉ, lui tendant la main.

Ça soulage ?

CHRISTIAN.

Oui.

VASILI.

M. le comte sait aussi que j'ai reçu l'ordre de mettre tous les jours à sa disposition une table de vingt-cinq couverts ?

CHRISTIAN.

Je vous remercie, M. le maréchal... vous en ferez mettre deux, un pour M. le marquis de Verneuil qui me fait l'amitié de partager mon dîner, et un pour moi. Est-ce tout ?

VASILI.

C'est tout.

CHRISTIAN, à René.

Viens, mon ami, viens ?

RENÉ, riant.

C'est cela! Ouf!... Allons respirer un peu.

SCÈNE V

VASILI, seul, qui les a suivi des yeux et avec ironie.

Bien !... jette l'argent par les fenêtres, comte Christian ? Tu regretteras plus tôt que tu ne le penses ton imprévoyante fierté !.. Cet orgueilleux se croit assuré de la faveur de la Czarine... et bientôt, au retour d'Orloff, il apprendra à ses dépens qu'il a simplement joué le rôle de maire du palais pendant l'interrègne ! Mais Orloff tarde bien à revenir... voici bientôt huit jours que j'ai fait partir ce courrier... et pas de nouvelles?

SCÈNE VI

VASILI, ORLOFF.

Orloff en costume de voyage entrant par le fond. Toute cette scène doit être dite vivement, à demi-voix.

ORLOFF.

Je vous cherchais, Vasili...

VASILI, se retournant.

Orloff!... Ah! vous, enfin! Vous avez vu mon courrier ?

ORLOFF.

Et me voici! qu'y a-t-il, que se passe-t-il ? Quel danger peut donc menacer, moi, Orloff, prince de l'Empire !

VASILI.

Un danger très-sérieux, et il n'y a pas de temps à perdre pour le conjurer, s'il n'est déjà trop tard.

ORLOFF, vivement.

La Czarine serait-elle mourante ?

VASILI.

Elle se porte à merveille, et je suis toujours en faveur. Il est vrai que je ne laisse échapper aucune occasion de lui être agréable... Je bois des verres d'eau à l'ermitage et mes prétendues distractions la font beaucoup rire.

ORLOFF.

Bien! Mais ce danger dont vous parliez?

VASILI.

La Czarine a distingué un de ses aides de camp.

ORLOFF, avec colère.

Elle a osé...

VASILI, effrayé.

Plus bas! prenez garde !

ORLOFF, se contenant.

Et cet aide de camp se nomme...

VASILI.

Le comte Christian.

ORLOFF.

Le comte Christian? ,

VASILI.

Un officier polonais, arrivé ici en mission quelque temps après votre départ.

ORLOFF.

Pourquoi ne. m'avez-vous pas écrit cela ?

VASILI.

Parce que les dépêches ne parviennent pas toujours à celui à qui on les adresse. Ah! vous avez bien tardé!

ORLOFF, avec une agitation contenue.

Eh! pouvais-je croire un seul instant que, tant que

j'existerais, il se rencontrerait un homme assez hardi pour oser lever les yeux sur Catherine. Comment est-il ce Christian ?

VASILI.

Jeune, brave, élégant.

ORLOFF.

Aime-t-il la Czarine ?

VASILI.

Qui le sait ? Je le crois plutôt ambitieux.

ORLOFF.

Bien ! Nous le perdrons plus facilement.

VASILI.

Je ne vous ai pas attendu pour agir.

ORLOFF.

Voyons ?

VASILI, baissant encore la voix.

Je vous disais que les lettres ne parvenaient pas toujours à celui auquel elles sont adressées. Voici qui vous le prouve.

Il montre des lettres.

ORLOFF.

De qui, ces lettres ?

VASILI.

De plusieurs compatriotes du comte. Ils le pressent de tenir ses promesses et l'accusent de négliger les intérêts de leur patrie à la cour de Catherine.

ORLOFF.

Elles ne contiennent pas autre chose ?

VASILI.

Cela suffit pour prouver à la Czarine que ce comte Christian n'a recherché les faveurs de la femme, que pour trahir la souveraine.

ORLOFF.

Avez-vous des lettres du comte ?

VASILI.

Une seule... qui ne renferme pas de preuves...

ORLOFF.

Nous en ferons. L'écriture suffit.

VASILI, riant.

Pétrowich avait écrit un billet plus insignifiant encore, et Pétrowich a eu la tête tranchée.

ORLOFF.

J'y pensais.

SCÈNE VII

LES PRÉCÉDENTS, LA CZARINE et sa suite, sortant de la salle
du conseil, puis CHRISTIAN et RENÉ.

CATHERINE, à sa suite.

Les affaires terminées nous pouvons songer à nos plaisirs...
(Apercevant avec une surprise mêlée d'effroi, Orloff qui s'est avancé
et la salue.) Orloff!... Vous ici, prince?

ORLOFF.

J'arrive à l'instant, et mon premier devoir...

CATHERINE, l'interrompant avec une colère contenue.

Votre mission est déjà terminée? la paix est conclue?

ORLOFF.

Pas encore, mais...

CATHERINE, de même.

Pas encore, dites-vous? Et vous avez quitté Foksani sans
permission, abandonnant les graves intérêts que je vous ai
confiés? voilà qui me semble étrange? (A sa suite qui veut s'en
aller.) Restez, messieurs, restez? je n'ai rien à dire au prince
Orloff que vous ne puissiez entendre. J'élèverai la voix, au
contraire, pour que tout le monde sache ici que je ne donne
à qui que ce soit le droit de me désobéir!

ORLOFF, se contenant, et à demi-voix.

Madame... un tel accueil...

CATHERINE, avec hauteur.

Et quel autre accueil attendiez-vous donc de moi, monsieur
l'ambassadeur?

ORLOFF.

Il s'agit d'une communication... sérieuse, et si la Czarine
daigne m'écouter quelques instants...

CATHERINE, l'interrompant.

Le conseil est terminé, monsieur; retournez à votre poste
que vous n'auriez pas dû quitter sans notre ordre. Allez! —
Comte Christian, votre bras?

CHRISTIAN, s'avançant en saluant.

Madame...

Christian et Orloff se mesurent du regard. Catherine sort lentement, appuyée
sur le bras de Christian et accompagnée de sa suite.

ORLOFF, à Vasili.

Je reste! Et je me vengerai!

____

ACTE DEUXIÈME

DEUXIÈME TABLEAU

Le boudoir des échos

Le boudoir de la Czarine. Salon à pans coupés, portes latérales avec por-
tières. Une petite porte invisible dans la tenture, au premier plan de
gauche. Du même côté, une cheminée. Ameublement riche et sévère.

SCÈNE PREMIÈRE

FRITZEN, seul. Il travaille, entouré de ses outils dont il se sert
successivement, à un mécanisme attenant à une porte placée dans le pan
coupé de droite. La portière doit cacher le mécanisme.

Ça marche... (Chantant en travaillant.) Nine, nine, nine!
vergiss-mein-nicht... La ou ou ou la la!... ça marche même
très-bien!... Tout à l'heure, j'ai tiré la tige d'acier et j'ai
entendu... oh! mais, comme si on avait causé tout haut
ici, dans cette chambre, la voix d'un moujick qui parlait à
une moujick au bout de la galerie voisine : (Imitant une voix
d'homme.) Ce soir, après le service, à l'heure habituelle, vous
viendrez?... Et la voix de femme a répondu : (Imitant une voix
de femme.) « Je viendrai puisque vous le voulez... Zizanoff...
Mais, quelle imprudence!... quelle imprudence!... (Il rit.)
Scélérat de Zizanoff, va!... Et mon maître qui dit que ce
mécanisme-là est un jeu d'enfant!... Il n'est pas compliqué,
c'est vrai, mais c'est justement ce qui en fait le mérite.

SCÈNE II

FRITZEN, travaillant, CATHERINE.

CATHERINE, en costume très-simple, (celui du premier acte), entre
par la gauche et se dirige vers son bureau devant lequel elle s'assied
pensive, en disant :
Orloff, de retour?

FRITZEN, laissant retomber la draperie.

Quelqu'un!

CATHERINE, vivement.

Qui est là?... (Reconnaissant Fritzen.) Ah! c'est toi, mon ami... Oui... j'oubliais... *continue ton travail, et dépêche-toi. Je suis dans le secret, tu le sais bien.*

FRITZEN.

Oui... c'est juste... (A lui-même.) C'est la dame d'hier, qui m'a dit que la Czarine n'avait rien de caché pour elle... et qui m'a interrogé sur m'sieu le baron, sur sa fille... Pour une curieuse, en voilà une curieuse.

CATHERINE, à elle-même.

Pour être aussi bien renseigné sur tout ce qui se passe dans mon palais, Orloff a des intelligences ici... Je l'ai fait trop puissant. Eh bien? qu'importe, après tout, je puis abaisser ce que j'ai élevé... Allons! ne pensons plus à cela... Quand seras-tu prêt, mon ami?

FRITZEN.

Dans un instant, madame. (A part.) Voilà qu'elle commence.

CATHERINE, assise et se tournant vers son côté.

Le baron se loue beaucoup de ton adresse; il paraît que tu fais tout ce que tu veux?

FRITZEN.

Vous voulez dire: tout ce qu'il veut.

CATHERINE, riant.

Tu as raison, c'est lui qui t'a formé?

FRITZEN.

Jamais de la vie!... c'est la nature... J'étais ouvrier horloger, quand l'idée lui est venue de s'occuper de sciences mécaniques... Alors, comme il était mon parrain, il m'a fait venir auprès de lui pour que j'exécute ses inventions.

CATHERINE.

Et depuis tu ne l'as pas quitté?

FRITZEN.

Et j'espère bien ne le quitter jamais!

CATHERINE.

Tu le suivrais partout s'il le désirait?

FRITZEN.

Partout!... sur terre et sur mer... dans la lune!... j'irais au diable avec lui!

CATHERINE, riant.

C'est loin !

FRITZEN.

Et je dis qu'il n'y aurait pas de danger encore!... une supposition que le diable voudrait nous griller... crac! mon maître inventerait une mécanique... et c'est le diable qui serait grillé à notre place.

CATHERINE.

Je vois avec plaisir que le baron a en toi un serviteur fidèle et dévoué... tout le monde ne peut pas en dire autant.

Elle tombe dans la rêverie.

FRITZEN.

Dame !... tout ce qu'il dit est juste, tout ce qu'il ordonne est possible, tout ce qu'il invente est étonnant !... voilà mon opinion... tant pis si ça vous... (Regardant Catherine absorbée.) Ah ! elle ne demande plus rien ; je la ménage parce qu'elle connaît la czarine et qu'elle doit avoir le bras long... sans ça comme je te l'enverrais promener avec ses questions !...

Il rassemble ses outils et les met dans une serge.

CATHERINE, le regardant.

Eh bien ? que fais-tu donc là ?

FRITZEN.

Mon paquet, comme vous voyez.

CATHERINE, vivement.

C'est fini?

FRITZEN, affirmativement.

C'est fini.

CATHERINE, se levant et vivement.

Ah ! voyons!

FRITZEN, l'arrêtant.

Eh! minute!... ah! ben !... on ne touche pas à ça !

CATHERINE, avec hauteur.

Plaît-il!... tu oses, je crois...

FRITZEN, l'interrompant.

Mais oui, j'ose vous dire que mon maître doit venir à quatre heures avec madame la Czarine pour lui montrer le secret... voilà ce que j'ose vous dire! Maintenant si la Czarine, qui n'a rien de caché pour vous — à ce que vous dites du moins, — si elle veut vous mettre dans la confidence, ça la regarde... mais d'ici là, comme vous pourriez me démantibuler quelque chose, vous n'y toucherez pas.

CATHERINE.

Tu as raison. Eh bien, cours dire à ton maitre que tout est prêt, que la Czarine l'attend et qu'il se hâte.

FRITZEN.

La Czarine? Où prenez-vous la Czarine?

CATHERINE, riant.

Elle est devant toi.

FRITZEN, stupéfié, restant la bouche ouverte.

Vous seriez la Cza... la Cza... ah!

CATHERINE, riant.

Cours prévenir ton maitre... va!

FRITZEN, en s'en allant.

Ah! que c'est bête de vous faire des surprises comme ça!

Il sort.

SCÈNE III

CATHERINE, puis ORLOFF.

CATHERINE, seule.

Pourquoi depuis quelques jours, Christian est-il triste, préoccupé?... on dirait qu'il recherche la solitude... ne m'aimerait-il plus?... oh! non... je ne puis le croire... ses yeux sont si doux encore lorsqu'ils s'arrêtent sur les miens... Cher Christian! Que peut-il faire en ce moment où je pense à lui!... Si, en attendant l'arrivée du baron, je descendais le surprendre...

Elle se dirige vers la porte secrète qu'elle ouvre, mais elle recule tout à coup en voyant Orloff paraître à cette porte.

CATHERINE, très-surprise et avec une colère contenue.

Vous, chez moi! et par cette porte?

ORLOFF.

Vous trouvez que j'ai trop de mémoire, madame.

CATHERINE, même jeu.

Peut-être, monsieur.

ORLOFF.

Vous m'excuserez quand vous m'aurez entendu... Dans un instant vous aurez compris que c'est votre intérêt seul, votre intérêt personnel qui m'amène...

CATHERINE.

C'est que... je suis... fatiguée... souffrante... J'ai besoin de repos...

ORLOFF.

C'est... qu'il s'agit d'un homme que vous honorez de toute votre confiance... que vous aimez et qui vous trahit, madame.

CATHERINE, vivement.

Christian !

ORLOFF.

Le comte Christian ne vous aime pas et ne vous a jamais aimée...

CATHERINE, avec éclat.

Il aime une autre femme !

ORLOFF, continuant.

Votre affection est un marchepied dont il se sert pour arriver au but qu'il se propose.

CATHERINE, avec impatience.

Et ce but ? quel est-il ?... Expliquez-vous ?

ORLOFF, lui montrant un dossier qu'il tient.

Lisez cette correspondance : vous verrez que le comte Christian a juré à ses compatriotes d'arracher de vos mains le royaume de Pologne. Dans ces lettres écrites par lui, en réponse à celles qui lui ont été adressées, vous verrez le rôle qu'il joue, et que je dois...

CATHERINE, rassurée, l'interrompant.

Ce n'est que cela !... Et cette correspondance, comment vous l'êtes-vous procurée ?

ORLOFF, hésitant.

Permettez-moi, madame, de ne pas répondre à cette question.

CATHERINE.

Ah ! je comprends.

ORLOFF.

Que voulez-vous dire ?

CATHERINE.

Je veux dire que nous ne nous connaissons pas d'hier, prince... je vous ai vu à l'œuvre et je sais ce dont vous êtes capable... (Riant, avec ironie.) Ah! ah ! la belle invention ! L'ingénieuse et nouvelle comédie !... Tenez, c'est misérable, tout cela !

ORLOFF, froidement.

Vous me traitez mal et je ne le mérite pas. Cela me prouve, une fois encore, combien il est difficile de faire entendre la vérité.

CATHERINE, avec ironie.

La vérité ? Mais vous voyez bien que je ne vous crois pas.

ORLOFF, froidement.

Vous me croirez quand vous aurez lu ces lettres.

Il dépose le dossier sur la table.

CATHERINE, vivement.

Je ne les lirai même pas.

ORLOFF, froidement.

Et vous aurez tort, madame, car, après les avoir lues vous auriez la preuve que de tous vos serviteurs il n'en est pas de plus dévoué que moi, non-seulement à votre personne, mais aux intérêts que vous représentez.

CATHERINE, hésitant.

Eh bien !... je verrai... Je réfléchirai... mais plus tard... rien ne presse.

ORLOFF.

Il suffit... vous m'avez dit en effet que vous êtes fatiguée, souffrante... et je me retire.

Il salue.

CATHERINE, distraite.

C'est cela, au revoir.

ORLOFF, revenant.

Pardon... encore un mot : Pour obéir à votre ordre je me disposais à repartir ce matin même... mais j'ai eu besoin pour les négociations de quelques renseignements que j'ai fait demander au ministre... je les attends et je compte partir ce soir.

CATHERINE, distraite.

C'est cela... ce soir.

ORLOFF.

Ou... demain au plus tard.

CATHERINE, même jeu.

Bien, demain.

ORLOFF.

Je me retire, madame.

Il salue de nouveau et sort.

SCÈNE IV

CATHERINE puis CHRISTIAN.

Restée seule, Catherine hésite. Elle regarde avec convoitise les papiers qu'Orloff a déposés sur la table, elle fait un pas vers ces papiers comme attirée vers eux, elle s'en saisit, les ouvre, mais au moment de lire, elle les rejette sur la table, en disant avec une expression de mépris : Non !... puis, paraissant prendre une décision, elle sonne vivement ; un maître des cérémonies paraît à la porte de gauche et s'incline profondément.

CATHERINE.

Dites à M. le comte Cristian que je désire lui parler.

L'HUISSIER, après s'être incliné.

Monsieur le baron de Kempelen, que la Czarine a fait demander, est là dans la galerie et attend.

CATHERINE.

Le comte Christian d'abord. Priez le baron Kempelen de vouloir bien m'accorder encore quelques instants.

L'huissier salue et sort.

CATHERINE, seule.

Faut-il lui dire l'accusation portée contre lui et attendre sa justification... ou bien chercher à surprendre la vérité... Non ! J'ai comme un pressentiment que dans tout ceci. le seul coupable, c'est Orloff.

CHRISTIAN, paraissant au fond et saluant.

La Czarine désire me parler ?

CATHERINE, qui pendant cette scène le regarde avec attention, mais par instants avec une bienveillance affectueuse et souriante.

Oui... j'ai une quantité de questions à vous adresser... voulez-vous y répondre avec patience... et... franchise ?

CHRISTIAN.

Certainement.

CATHERINE.

Et d'abord où étiez-vous quand je vous ai fait demander ?

CHRISTIAN.

Dans mon appartement.

CATHERINE.

Seul ?

CHRISTIAN.

Seul !

CATHERINE.

Que faisiez-vous?

CHRISTIAN.

Je lisais.

CATHERINE.

Quel livre?

CHRISTIAN.

Le livre que vous m'avez donné hier, celui de Diderot.

CATHERINE, souriante.

Ah!... Depuis quelques jours, je vous trouve le visage triste... avez-vous quelque chagrin ?

CHRISTIAN.

Non, madame.

CATHERINE.

Avez-vous quelque ambition?

CHRISTIAN

Je n'en ai plus maintenant.

CATHERINE, se méprenant et souriante.

Ah!... Avez-vous quelque désir?

CHRISTIAN.

Vous prévenez tous ceux que je pourrais former.

CATHERINE.

M'aimez-vous encore?

CHRISTIAN.

Celui qui ne vous aimerait pas, madame, serait une exception.

CATHERINE, gaiement.

Bien? Allez maintenant, j'ai à recevoir le baron de Kempelen.

CHRISTIAN, étonné.

C'est tout ce que vous aviez à me dire?

CATHERINE.

C'est tout... Peut-être ai-je pris pour le désir de vous parler, le désir que j'avais de vous voir. (Elle lui tend la main qu'il porte à ses lèvres, puis il salue et sort.)

SCÈNE V

CATHERINE, KEMPELEN.

CATHERINE, naïvement et avec joie.

Il est bien clair, maintenant, qu'Orloff est le seul coupable !

L'HUISSIER, annonçant.

Monsieur le baron de Kempelen...

LE BARON, après avoir salué.

Vous avez avancé l'heure de notre rendez-vous, madame?

CATHERINE.

Votre jeune mécanicien m'a dit que tout était prêt et depuis ce moment je suis d'une impatience...

LE BARON.

Impatience, qui, dans un instant va être satisfaite... oui, dans un instant vous pourrez entendre tout ce qui se dira dans la galerie voisine... même une conversation à voix basse, et comme si les interlocuteurs s'adressaient à Votre Majesté.

CATHERINE.

C'est merveilleux !

LE BARON.

Non, madame, mais c'est bien dangereux ! vous avez appris—les souverains seuls ont ce privilége de connaître ainsi des choses que l'on croyait tout à fait secrètes — vous avez appris, dis-je, que j'avais fait exécuter pour le roi Frédéric de Prusse, un cabinet acoustique ; vous m'avez appelé aussitôt à votre cour et votre première parole a été pour me demander de faire appliquer à votre boudoir, une disposition semblable. . J'ai obéi, madame... mais... permettez-moi de vous le dire une fois encore: Je crains que vous vous prépariez bien des déceptions!

CATHERINE, riant.

Bon ! j'imagine qu'un cabinet acoustique doit ressembler à la langue humaine définie par Ésope; c'est ce qu'il y a de meilleur et de pire au monde!... La vie n'a rien à m'apprendre, baron, et vous pouvez m'initier sans crainte et sans regrets.

LE BARON.

J'obéis, madame... (Allant au fond et soulevant la draperie de la porte de droite.) Il suffit de tirer à vous cet anneau que vous

voyez là... dans la découpure du panneau. (Il tire l'anneau qu
est retenu par une petite tige d'acier.)

CATHERINE.

C'est tout?

LE BARON.

C'est tout. Les paroles prononcées dans la galerie arrive-
ront distinctement jusqu'à vous.

CATHERINE.

Et vous me répondez de la discrétion de ce jeune ouvrier?

LE BARON.

Comme de la mienne.

CATHERINE.

Bien!... Mais personne ne parle dans la galerie.

LE BARON, écoutant.

Personne.

CATHERINE.

Attendons... A propos, baron, vous savez qu'on joue ce
soir un de mes proverbes... *Les flatteurs et les flattés.* Je puis
compter sur vous et sur votre charmante enfant?

LE BARON.

A coup sûr, madame, tout le monde fait le plus grand éloge
de ce proverbe.

CATHERINE, riant.

Ah! baron! voilà que vous jouez le rôle de l'un des personnages.

LE BARON.

Moi?

CATHERINE.

Mais oui... celui de flatteur...

UNE VOIX DU DEHORS, arrivant tout à coup entre eux comme
si elle était prononcée sur la scène.

Ah! c'est vous, prince, je vous cherchais.

CATHERINE, tressaillant.

Ah! (A voix basse.) Chut, baron; écoutez!

LE BARON, haut.

Vous pouvez parler à haute voix, madame, le phénomène
de l'écho ne se produit pas au dehors.

CATHERINE, haut.

Bien!... mais écoutons.

LA VOIX EXTÉRIEURE, sur un ton plus bas, confidentiel, et comme celle d'une personne qui s'est approchée d'une autre personne venant à sa rencontre.

Eh bien, prince, la czarine ?

LA VOIX D'ORLOFF, répondant sur le même ton confidentiel.

La czarine n'a pas voulu prendre connaissance des lettres...

CATHERINE, écoutant et vivement.

C'est la voix d'Orloff !

LA VOIX D'ORLOFF.

Mais vous avez admirablement imité l'écriture de ce jeune homme...

CATHERINE, d'un air de triomphe.

Ah !... je savais bien... moi !

LA VOIX D'ORLOFF.

Voici les 500 roubles que je vous ai promis !... Maintenant, partez, retirez-vous !

Un silence.

LE BARON, écoutant.

Ils se sont éloignés... Eh bien, madame ?

CATHERINE, avec éclat.

Eh bien ?... que parliez-vous de désillusion ? mais c'est admirable !... Grâce à vous, au contraire, j'ai la preuve d'une infamie, d'une lâcheté que je soupçonnais ! Et cependant, malgré moi, le doute était entré dans mon esprit, dans mon cœur... Oh ! la calomnie !... Mais vous lui avez arraché son masque, et maintenant je suis heureuse ! (Allant prendre les papiers et les froissant en parlant.) Vous voyez ces lettres ; elles sont fausses !... et elles avaient la prétention de l'accuser, lui !... le cœur le plus fidèle, le plus loyal !...

Déjà je les avais jetées avec mépris ; mais je veux que le feu en fasse justice ! Je veux que leur flamme brûle au moins en effigie le lâche qui les a dictées et l'autre lâche qui les a écrites.

Elle va pour les jeter au feu quand elle entend tout à coup la voix de Christian.

LA VOIX DE CHRISTIAN.

Marie !... Je vous trouve seule enfin !

CATHERINE, à part.

Christian !

Elle écoute.

2.

LA VOIX DE MARIE.

Pardon, monsieur le comte, je croyais rencontrer ici mon père...

LE BARON, étonné o' écoutant.

Ma fille!

LA VOIX DE CHRISTIAN, retenant Marie.

Oh! un instant, je vous en prie! Je suis si heureux de vous entendre... il y a si longtemps que ce bonheur ne m'est arrivé!

CATHERINE.

Que dit-il donc?

LA VOIX DE MARIE.

Ah!... vous m'avez enfin reconnue?

LA VOIX DE CHRISTIAN.

Si je vous ai reconnue, Marie! moi qui vous aime, qui n'ai jamais cessé de vous aimer!

CATHERINE, à part, très-émue.

Elle!...

LE BARON, à part, surpris.

Lui!

LA VOIX DE MARIE.

Qui vous empêchait alors de tout avouer à mon père?

LA VOIX DE CHRISTIAN.

Impossible! Mais bientôt, je vous le jure, votre père saura mon amour!

CATHERINE, avec une sourde colère.

Son amour!

LA VOIX DE CHRISTIAN.

Alors, nous quitterons tout pour être l'un à l'autre!... On vient... Au revoir, chère Marie, et, quoi qu'il arrive, ne doutez jamais de moi!

LE BARON, écoutant.

Plus rien! (A la Czarine) Voilà une confidence à laquelle je n'étais pas préparé.

CATHERINE, contenant sa douleur et sa colère, s'appuyant sur un fauteuil et avec effort.

Oui... n'est-ce pas? les savants sont ainsi... ils surprennent... les secrets de la nature... et chez eux... ils ne s'aperçoivent pas...

LE BARON, la regardant et l'interrompant.

Mais qu'avez-vous, madame, vous paraissez souffrir...

CATHERINE, d'une voix entrecoupée.

Ce n'est rien!... un peu de fatigue... Laissez-moi, je vous prie.

LE BARON.

Permettez au moins que j'appelle...

CATHERINE, vivement

Inutile ! non! Laissez-moi... je désire... être seule, je veux être seule!

LE BARON, saluant.

Puisque vous l'ordonnez... je me retire...

CATHERINE.

Allez! A ce soir!

LE BARON, saluant encore.

A ce soir, madame. (A part en sortant.) Qu'a-t-elle donc? c'est étrange!

SCÈNE VI

CATHERINE, seule.

Dès que le baron est parti, elle se laisse tomber dans le fauteuil sur lequel elle était appuyée et donne un libre cours à sa douleur.

Trahie!... outragée!... moi! moi! il ne m'aime pas... il ne m'a jamais aimée! (Elle pleure le visage dans ses mains et relève la tête tout à coup.) Si l'on me voyait cependant?... Eh! quoi?... tu pleures, toi qu'on nomme la grande Catherine?... Quelle pitié! ta grandeur ne te met donc pas à l'abri des larmes?... (En pleurant.) Eh bien! non! c'est plus fort que moi... et je ne croyais pas l'aimer ainsi! Je mesure aujourd'hui la violence de mon amour à la violence de ma douleur et de ma colère!... oui, de ma colère! car je le châtierai, cet ingrat!... Je serai sans pitié pour lui comme il est sans pitié pour moi!... Comme sa voix était tendre en parlant à cette jeune fille?... Et bientôt, ils quitteront tout pour être l'un à l'autre!... L'un à l'autre! oui... c'est cela, ils sont d'accord!... et ils partiront ensemble! Déjà je les entends rire, de moi... et je le souffrirais!... non, non qu'il ne pense pas m'échapper ainsi! Je veux le tenir, là, pâle, tremblant et demandant grâce à deux genoux! Mais quel prétexte inventer! De quel crime puis-je l'accuser? hautement? devant tous? (Son regard rencontre ces lettres qu'elle a rejetées sur la table.) Ah !... (Elle sonne vivement et avec violence ; l'huissier paraît.) Ces papiers à l'instant chez le grand-juge? Crime de lèse-majesté et de haute trahison! Allez !

L'huissier prend les papiers en saluant. Catherine relève la tête d'un air detriomphe.

Le rideau baisse.

TROISIÈME TABLEAU

L'arrestation.

Une grande salle du palais brillamment éclairée. Ameublement royal.

SCÈNE PREMIÈRE

LE BARON, MARIE.

En toilette de cour. Le baron est assis dans un grand fauteuil à droite et tient les deux mains de sa fille qui est debout devant lui. Ils continuent une conversation commencée.

LE BARON.

Et c'est à la cour de Prusse que tu as connu ce jeune homme ?

MARIE.

Oui, mon père. Tout entier à vos travaux, à vos recherches scientifiques vous trouviez toujours un prétexte pour échapper aux fêtes, aux réceptions de la cour.

LE BARON, souriant,

C'est vrai.

MARIE, continuant.

Mais pour ne pas me priver de ces plaisirs, qui disiez-vous, sont de mon âge, vous exigiez que je m'y rendisse avec votre sœur. C'est là que j'ai vu le comte Christian... mais vous-même, je me le rappelle... vous l'avez vu un soir que par exception vous aviez consenti à nous accompagner, vous avez fait une partie d'échecs avec lui, et vous avez déclaré que c'était un adversaire digne de vous.

LE BARON.

Je crois me souvenir, en effet... mais pourquoi ne m'as-tu jamais parlé de ce jeune homme ?

MARIE.

J'étais fiancée à Frédéric, mon père... cette union était votre désir le plus cher, le rêve de votre existence... et si Frédéric eût vécu vous ne m'auriez jamais entendu prononcer le nom de Christian.

LE BARON, se levant et l'embrassant.

Chère enfant !... Et cependant, tu viens de me l'avouer, tu aimais, tu aimes le comte Christian, tu n'as jamais aimé que lui seul ?

MARIE, simplement.

Oui, mon père. Pourquoi lui et pas Frédéric ? Je ne saurais vous le dire et il ne faut pas m'en vouloir. Au moment où je m'y attendais le moins j'ai rencontré Christian : il ne m'a pas adressé la parole, il ne m'a pas dit qu'il m'aimait... non !... j'ai échangé un regard avec lui... et depuis ce moment je n'ai pu l'oublier. C'est à n'y rien comprendre !... c'est en vain que j'ai interrogé ma raison, mon cœur ? je ne puis expliquer ce que j'éprouve et tout ce que je puis vous dire, c'est que je serais heureuse de vivre ou de mourir avec lui !...

LE BARON, soucieux à lui-même.

Oui... oui... c'est bien cela !...

MARIE.

Mais vous l'avez donc vu ? Il vous a donc parlé ?

LE BARON.

Non ! je ne l'ai pas vu et il ne m'a pas parlé.

MARIE.

Comment savez-vous alors ?...

LE BARON, souriant.

Tu oublies que je suis un peu sorcier ?

MARIE.

C'est vrai ! alors il vous est facile de me dire s'il m'aime véritablement ?

LE BARON, riant.

Facile, non !... mais j'y tâcherai puisque dans quelques jours il doit se confier à moi.

MARIE, étonnée.

Vous savez aussi cela ?

LE BARON, souriant.

Je sais cela ! je sais encore qu'en te parlant, il était inquiet... troublé... comme si quelque danger le menaçait ?

MARIE.

C'est encore vrai ! mais il m'a quittée en me disant : « Quoi qu'il arrive, ne doutez jamais de moi ! »

LE BARON, à lui-même.

Que peut-il craindre ?... (Changeant de ton.) Marie, mon enfant... s'il le fallait cependant... aurais-tu le courage de renoncer à lui?

MARIE, avec effroi, et mettant la main sur son cœur.

Moi?... oh! mon père!... mon père!

LE BARON.

Tu viens de me dire cependant que si Frédéric eût vécu...

MARIE, bas.

Si Frédéric eût vécu, moi, je serais peut-être morte!

LE BARON, vivement.

Ah! tais-toi! tais-toi!

MARIE, vivement.

Mais pourquoi cette question?... est-ce que Christian serait menacé de quelque danger? Est-ce que vous craindriez quelqu'obstacle à notre union?

LE BARON.

Non! rassure-toi?

MARIE.

Pour nous retenir à la cour de Russie, la Czarine me disait hier, avec sa bonté accoutumée, de choisir un mari parmi ses sujets?... Christian est un de ses officiers, et elle verra cette union avec grand plaisir, j'en suis certaine; il faut me promettre de lui en parler le plus tôt possible.

·LE BARON.

Je te le promets! mais en prononçant le nom de la Czarine tu me rappelles que j'ai quelques notes à rédiger pour la réception de ce soir... l'heure approche et le temps me presse... nous reprendrons cet entretien plus tard... va te joindre à la suite, dans le salon des dames... moi je me réunirai aux officiers et aux courtisans.

MARIE.

Oui, père, à tout à l'heure?

LE BARON, l'embrassant et la reconduisant.

Va, mon enfant, va!

Marie sort par la gauche.

SCÈNE II

LE BARON, puis ORLOFF et VASILI.

LE BARON, descendant.

Chère enfant! La même sensibilité que sa mère... Ah! elle est bien digne d'être aimée! (Disant ce qui suit il tire un calepin de sa poche et se rassied dans le grand fauteuil, en faisant face au public de telle sorte que le dossier le cache aux yeux des personnages qui entrent par le fond.) Il paraît que le proverbe ne peut pas être représenté ce soir, et la Czarine me prie de faire une sorte de conférence scientifique... l'idée n'est pas très-heureuse!... remplacer l'esprit par la science, c'est un guet-apens pour les invités.

Il écrit sur son calepin

Orloff. et Vasili, paraissent au fond, en causant.

VASILI, d'un ton dégagé.

Oui, la foule est partout et la réception sera brillante et surtout nombreuse... (S'arrêtant tout à coup, changeant de ton, après avoir regardé autour de lui, et à demi-voix.) Ici, personne! parlez vite?

ORLOFF, après avoir regardé.

Le grand-juge est saisi!... Et sur l'ordre de la Czarine, l'arrestation de son favori sera publique!

Mouvement du baron qui cesse d'écrire et qui écoute.

VASILI.

Très-bien!

ORLOFF.

Le comte Christian sera donc arrêté cette nuit, ce soir peut-être... J'ai obtenu du grand-juge que le prisonnier serait conduit à la forteresse de Schlusselbourg dont le gouverneur m'est dévoué.

VASILI.

La forteresse de Schlusselbourg, à huit lieues d'ici... et où le Czar Ivan...

ORLOFF.

Précisément ! Il faut que les choses se passent comme pour le Czar Ivan et j'ai compté sur vous.

VASILI, sautant.

Sur moi !...

ORLOFF.

Sans doute ! vous êtes le seul ici en qui le comte Christian ait confiance.

VASILI, hésitant.

Diable! diable... c'est très grave... (Plus bas.) C'est un meurtre... légal... mais... c'est un meurtre!

ORLOFF, l'interrompant.

Pas d'hésitation! Il vous est facile de trouver deux hommes intelligents et sûrs que vous enverrez avec vos instructions.

VASILI.

Sur un ordre de vous alors?

ORLOFF.

Non! Les écrits restent. Vous leur remettrez cet anneau et ils diront au gouverneur, en le lui présentant, qu'ils viennent pour faire évader le prisonnier.

Il ôte un anneau de son doigt et le présente à Vasili.

VASILI, prenant l'anneau et le regardant.

Le chiffre et les armes de la Czarine. C'est celui qu'elle vous a donné autrefois, et....

ORLOFF, continuant.

Et qui m'a déjà servi, il y a deux ans. Le gouverneur le connait.

VASILI

Puisque vous l'exigez, comptez sur moi.

ORLOFF.

Maintenant! Séparons-nous!

Orloff sort par le fond, Vasili par la droite.

SCÈNE III

LE BARON, seul.

Le comte Christian favori de la Czarine?... (Avec éclat et douleur.) Mais c'est lui que ma fille aime?... oh! ma pauvre Marie, ma pauvre Marie! Je comprends tout maintenant: le trouble, l'agitation du comte quand il parlait à ma fille .. la colère de la Czarine, tantôt, dans ce boudoir... en surprenant leurs paroles... et elle s'est vengée!... c'est le sort d'Ivan, disent-ils, qui lui est réservé?... Mais Ivan a été assassiné dans son cachot... et la mort de Christian, c'est peut-être la mort de mon enfant à moi... Elle me disait là... tout à l'heure... Ah! quelle fatalité!... Si je pouvais le sauver?... non! je suis fou!... lutter contre Orloff, contre Catherine... c'est impossible!... le comte Christian est bien perdu!... et je n'ai qu'un parti à prendre : quitter la cour, emmener Marie le plus tôt possible... peut-être ainsi ne saura-t-elle jamais la triste fin de ce jeune homme.

SCÈNE IV

RENÉ, LE BARON.

RENÉ.

Tiens! j'arrive le premier, (Apercevant le baron.) Ah! pardon, monsieur le Baron, je ne vous voyais pas.

LE BARON, agité et saluant.

Monsieur... (Il se dirige vers la gauche et regarde dans le salon des dames) Marie est au milieu des dames d'honneur... impossible maintenant de lui parler.

RENÉ, à part, le regardant

Comme il est agité! sans doute quelque nouvelle invention... qui ne veut pas se laisser inventer. (Au baron.) Pardon, monsieur le baron, vous n'avez pas vu ici le comte Christian.

LE BARON, vivement.

Le comte Christian? non, monsieur le marquis, pas encore.

RENÉ.

C'est juste! Il ne doit pas entrer... comme un simple mortel! Pardon, monsieur le baron, un renseignement? Connaissez-vous les dispositions de ce palais?

LE DARON, avec un peu d'impatience.

Je l'ai visité plusieurs fois, monsieur.

RENÉ.

Vous ne sauriez pas, par hasard, de quel côté est l'habitation des dames d'honneur?

LE BARON, même jeu.

J'avoue que je ne m'en suis pas informé.

RENÉ, à lu—même.

Tant pis! tant pis! alors il faudra que je le demande... Eh! parbleu! à elles-mêmes!

LE BARON, regardant du côté de sa fille.

Vous aviez intérêt à savoir...

RENÉ.

Un intérêt très-vif, baron, très-vif, car enfin, qu'est-ce que je suis venu faire ici, moi? étudier les mœurs de la cour de Russie? (Riant) Eh bien!... vrai!... je puis vous confier cela à

vous, baron, — un savant est toujours discret — vrai! je crois
que les dames russes sont aussi... civilisées que les Françaises!

Il rit.

LE BARON, distrait.

C'est-à-dire que vous êtes amoureux... c'est de votre âge.

RENÉ.

Si je le suis ?.. parbleu !.. je l'ai toujours été et je le serai
toujours ! Tenez, monsieur le savant, regardez ma ligne de
cœur... elle est assez significative, hein ?

LE BARON.

En effet ! (Remarquant un anneau qu'il porte au doigt et avec
lequel il indiquait la ligne de sa main droite.) Pardon !.. (examinant)
le chiffre et les armes de la Czarine ? (Vivement) Monsieur le
marquis, comment cet anneau se trouve-t-il dans vos mains ?

RENÉ, vivement.

Chut !.. (Riant.) Ah! bien !.. je me croyais à l'Ermitage...
(A demi-voix) Cet anneau... est une clé... très-rare... car il
n'en existe que deux semblables... l'une donnée... jadis à
Orloff par Catherine.. et l'autre... ces jours ci, à Christian.

LE BARON.

Et il vous l'a confié ?

RENÉ, riant.

Chut !.. oui... prêté... sur mes instances... pour quelques
heures seulement, et en me faisant jurer de ne le laisser
voir à qui que ce soit et de ne le rendre qu'à lui seul !
Eh ! j'y pense!.. quelle étourderie !.. (Il l'ôte et le met dans sa
poche.) Je puis vous dire cela, à vous, un savant... c'est un
pari, une discrétion avec la comtesse Yermoloff.....

LE BARON, agité.

Monsieur le marquis, confiez-moi cet anneau, je vous en
supplie... il s'agit de la vie de Christian.

RENÉ.

Quoi?... parce qu'il m'aurait prêté....

LE BARON.

Vous vous méprenez... la vie de Christian est menacée...
vous dis-je... mais au moyen de cet anneau je puis peut-être
le sauver... je puis le tenter du moins.

RENÉ.

Christian... en danger ?.. c'est impossible... expliquez-
vous ?

LE BARON, voyant entrer les dames.

Il est trop tard maintenant, restez. regardez, et écoutez !

Les invités paraissent de différents côtés. Les dames d'honneur entrent par la gauche, puis les courtisans par la droite. Les aides de camp et les officiers entrent par le fond et parmi eux se trouve Christian, puis Orloff et Vasili ; quand la salle est remplie, un maître de cérémonies ouvre la porte du fond à deux battants et annonce :

La Czarine !

SCÈNE V

LES PRÉCÉDENTS, CATHERINE, en costume de cour. — Parmi les dames d'honneur, LA COMTESSE YERMOLOFF et MARIE DE KEMPELEN, puis CHRISTIAN, ORLOFF et VASILI, DAMES et SEIGNEURS, OFFICIERS et PAGES.

Tous les personnages s'inclinent profondément à l'entrée de Catherine qui s'assied à gauche.

CATHERINE.

Je vous remercie, mesdames ; je vous sais gré, messieurs, de votre empressement. Mais, à mon grand regret, je ne puis vous offrir la représentation de mon proverbe. (*Murmure général de désappointement.*) Monsieur de Ségur, qui devait remplir le principal rôle, est tout à fait souffrant et notre représentation est forcément ajournée.

LA COMTESSE YERMOLOFF, s'avançant.

Faut-il faire préparer le jeu de la Czarine.

CATHERINE.

Volontiers ! (*A part, regardant Christian qui a les yeux fixés sur Marie de Kempelen.*) Il ne la quitte pas des yeux... mais patience !... (*Elle reste absorbée.*)

RENÉ, à la comtesse Yermoloff qui a passé à droite et prépare le jeu.

A la bonne heure, comtesse..... cette réception.... cette étiquette..... on se croirait à Versailles !

LA COMTESSE, riant.

Est-ce une épigramme ?

RENÉ.

Le ciel m'en préserve ! on n'a pas l'esprit tourné à l'ironie, belle comtesse, quand on a l'espoir d'être heureux. Ah ! vous m'avez défié !

LA COMTESSE, riant.

Décidément c'est donc sérieux ?

RÉNE.

Sérieux ?... mon amour ! mais c'est la seule chose sérieuse qu'il y ait au monde !...

LA COMTESSE, s'approchant de Catherine.

Le jeu est prêt... Si la Czarine veut bien désigner les personnes qu'elle daigne admettre à sa table.

CATHERINE.

Bien... Rien ne presse. (Se retournant vers le baron.) J'avais espéré que M. le baron de Kempelen consentirait à répéter ce soir devant nous quelques expériences qui ont émerveillé la cour de Prusse ? Voyons, monsieur le baron, vous ne voulez pas que nous admirions votre science ?

LE BARON, s'avançant.

Je vous jure, madame, que, pris à l'improviste, le temps matériel m'a manqué, car j'aurais été heureux de vous obéir.....

CATHERINE.

Je n'insiste pas monsieur de Kempelen, et à défaut d'autre distraction je vous offre une place à ma table de jeu. Le marquis de Verneuil et la comtesse Yermoloff seront nos adversaires.

Le Baron, René et la comtesse s'avancent et saluent la Czarine qui se lève.
A ce moment un chambellan paraît au fond et annonce :

Le juge criminel !

CATHERINE, s'arrêtant, à part.

Ah !... enfin !

LE BARON, à part.

Déjà ! ma place est auprès de ma fille !

Il va se placer à côté de sa fille.

LE GRAND-JUGE

Sur la plainte de la Czarine, et les preuves en mains, je déclare coupable du crime de haute trahison l'aide de camp comte Christian Vorowski et j'ordonne son arrestation.

Étonnement général.

CHRISTIAN, surpris.

Moi ?

MARIE, faiblissant.

Lui !... mon père ?...

LE BARON, bas à sa fille.

Courage !... je le sauverai !

LE GRAND-JUGE, qui s'est approché de Vasili et lui remettant un parchemin.

Monsieur le maréchal du palais, faites votre devoir.

VASILI, s'approchant.

Votre épée, monsieur le comte! Au nom de la Czarine et de la loi, je vous arrête.

Christian lui rend son épée.

RENÉ, s'approchant vivement du Baron et lui glissant l'anneau, — bas:

Je n'hésite plus, monsieur le baron, voici l'anneau, l'amitié d'abord.

LE BARON, avec joie.

Bien, monsieur, c'est bien!

RENÉ, avec un soupir.

C'est bien?... oui... mais c'est dommage aussi!

Il regarde la comtesse.

CHRISTIAN, s'approchant de la Czarine et la saluant profondément.

Oserai-je demander de quelle trahison la Czarine m'accuse?

CATHERINE, bas.

Regardez mademoiselle de Kempelen, monsieur, et dites-moi pourquoi elle est si pâle?

CHRISTIAN, après un mouvement qu'il réprime.

Ah! (Il salue profondément, s'arrête un instant tout ému devant Marie qui se soutient à peine, puis relevant la tête et à voix haute: Je suis à vos ordres, messieurs!

Il suit Vasili et sort entouré des gardes.

ORLOFF, bas à Vasili.

N'oubliez pas d'envoyer demain matin vos deux hommes à Schlusselbourg.

LE BARON, de l'autre côté, à part.

Je partirai cette nuit même!

CATHERINE.

Eh! bien... comtesse? Eh! bien, messieurs? Le jeu de la Czarine vous attend?

ACTE TROISIÈME

QUATRIÈME TABLEAU

La forteresse de Schlusselbourg

La cour intérieure d'une prison d'État. Le théâtre est divisé verticalement en deux compartiments. A droite, le cachot dans lequel est enfermé Christian et dont le public voit l'intérieur ; fenêtre haute au fond, fermée par des barres de fer ; sous la fenêtre, un grabat ; une table, des escabeaux. Le cachot est séparé de la cour par un mur. Le compartiment de gauche, qui est beaucoup plus grand, représente une des cours de la forteresse fermée au fond par une haute muraille. A gauche, au deuxième plan de ce compartiment trois marches conduisant à un corps de garde dont la porte ouvre sur la cour. Devant le corps de garde, un banc de bois et un râtelier garni de fusils.

SCÈNE PREMIÈRE

CHRISTIAN, il est tout habillé, endormi sur le grabat du cachot. — Dans la cour, YMÉLIAN POUGATSCHEFF et SOLDATS diversement groupés. — Des soldats assis à terre entourent Ymélian qui leur fait un récit. Deux autres, à cheval sur le banc, jouent aux dés sur un tambour. Une sentinelle, l'arme au bras, se promène devant la porte du corps de garde.

YMÉLIAN, aux soldats.

J'avais chassé toute la journée sans m'apercevoir qu'une petite neige fine ne cessait pas de tomber. Si bien que moi, que l'on prenait toujours pour guide dans les montagnes de l'Oural, je me trouvai égaré dans la neige. La nuit allait venir et je n'étais pas trop rassuré, quand tout à coup ! au détour de la route, je me vis en face de trois femmes qui avaient l'air de sortir de dessous terre.

UN SOLDAT.

Trois femmes ?

YMÉLIAN.

C'étaient trois sorcières de l'Ukraine... il n'y avait pas à s'y tromper. J'étais resté comme cloué à la même place, tandis qu'elles continuaient à s'approcher... Quand elles furent tout près de moi, la plus vieille me dit : « Ne tremble pas, mon garçon... »

LE SOLDAT.

Tu tremblais donc ?

YMÉLIAN.

J'aurais voulu t'y voir... « Nous ne te voulons point de mal, » ajouta la seconde ; et la troisième, qui était à ma gauche, s'écria : « Regardez donc, mes sœurs, ce chasseur a la griffe du diable. »

TOUS.

La griffe du diable !

YMÉLIAN.

C'est vrai, reprirent les deux autres en examinant un signe que j'ai là, au cou, du côté gauche.

Les soldats examinent le cou d'Ymélian.

LE SOLDAT.

Eh bien ! c'est un signe comme un autre.

YMÉLIAN

Il paraît que non, et qu'il a une forme particulière. Si bien que la plus vieille reprit : « Le diable t'a marqué, mon garçon, tu verras d'étranges choses et tu arriveras à une position très-élevée. »

LE SOLDAT.

Parbleu ! tu seras pendu.

Tous rient.

YMÉLIAN.

Merci ! je ne l'entends pas comme ça, et là-dessus, après m'avoir remis dans mon chemin, elles disparurent comme par enchantement.

LE SOLDAT.

Dis donc, si tu vas si haut que ça, n'oublie pas les camarades.

YMÉLIAN.

Quelques jours après, j'entrais dans la garde, et depuis trois mois ma griffe ne me sert pas à grand' chose.

LE SOLDAT.

Si tu n'as pas d'autre paie que cette prédiction-là .. tu ne feras pas ma fortune, c'est moi qui te le dis.

YMÉLIAN.

Qui sait ?

SCÈNE II

Les Précédents, un officier, entrant par le fond à gauche, suivi du BARON et de FRITZEN.

L'OFFICIER.

Si vous voulez attendre ici quelques instants, je vais prévenir le gouverneur.

*Il sort par la droite après avoir fait signe aux soldats de se retirer ; ils
rentrent sous le corps de garde.*

FRITZEN, qui regarde autour de lui.

Nous voilà dans la forteresse de Schlusselbourg. Eh bien !
m'sieu le baron, vous voyez que ça n'est pas plus difficile
que ça !

LE BARON, souriant.

Le difficile, mon ami, n'est pas d'y entrer... c'est d'en
sortir ?... aussi. avant d'aller plus loin, réfléchis bien à ce
que je t'ai dit, Fritzen... Il est temps encore.

FRITZEN.

Vous m'avez dit : je veux sauver le comte Christian, et
pour m'aider il me faut un homme intelligent, brave, dévoué... Fritzen, veux-tu m'accompagner ?

LE BARON.

Mais j'ai ajouté : cette entreprise est pleine de dangers, et
il se peut...

FRITZEN.

Je n'ai pas besoin de le savoir.

LE BARON.

Il se peut que nous soyons tués l'un ou l'autre... tous les
deux peut-être...

FRITZEN.

Ça... ça ne me regarde pas. Comme je le racontais à la Czarine quand je travaillais au boudoir : « M'sieu le baron me
dirait : « Viens au diable avec moi... je répondrais : En
route ! »

LE BARON.

Eh ! mon ami, s'il ne s'agissait que du diable !... mais
nous avons affaire aux hommes !

FRITZEN.

Dites plutôt qu'ils auront affaire à vous !

3.

LE BARON.

Ainsi, tu restes?

FRITZEN.

Prêt à partager votre sort quel qu'il soit, voilà comme je suis !

LE BARON.

Eh bien ! tel que te voilà, tu es un brave cœur ; mais surtout du sang-froid, de la présence d'esprit, et n'oublie pas qu'il faut que tu comprennes à demi-mot.

FRITZEN.

Suffit ! dès l'instant que nous pouvons y rester l'un ou l'autre, c'est le moment d'ouvrir les yeux et les oreilles.

LE BARON.

Le gouverneur !...

SCÈNE III

LE BARON, Le Gouverneur, FRITZEN, L'Officier.

Le gouverneur est précédé par l'Officier qui, à la scène précédente, a fait entrer le baron. Après avoir montré ce dernier au Gouverneur, il salue et rentre dans le poste.

LE GOUVERNEUR, au baron.

C'est vous qui venez de la part du prince Orloff ?

LE BARON, ôtant son anneau et le lui présentant en saluant.

Et voici ma lettre de créance, monsieur le gouverneur.

LE GOUVERNEUR, après avoir examiné l'anneau avec attention, le regardant.

Bien ! (A demi-voix.) De quoi s'agit-il ?

LE BARON, de même.

La Czarine a fait arrêter et conduire ici, cette nuit même, un ennemi personnel du prince.

LE GOUVERNEUR.

Le comte Christian ?

LE BARON.

Le prince, qui craint la faiblesse de la Czarine, m'a remis cet anneau en me disant de venir faire évader le prisonnier.

LE GOUVERNEUR.

Est-ce tout ?

LE BARON.

Non. Il a ajouté : « Vous vous ferez accompagner d'un homme dévoué, et vous direz au gouverneur qu'il faut que les choses se passent comme elles se sont passées pour Ivan. »

LE GOUVERNEUR.

Je m'en doutais en revoyant cet anneau... Savez-vous comment les choses se sont passées pour le czar Yvan?

LE BARON.

Pas exactement, le prince n'a pas eu le temps de m'instruire...

LE GOUVERNEUR.

Je m'en charge... mais d'abord.... (Regardant Fritzen.) C'est là l'homme que vous avez amené pour l'exécution?

LE BARON.

C'est lui.

LE GOUVERNEUR.

Il faut qu'il prenne l'uniforme des soldats de la garnison. (Fritzen et le baron échangent un coup d'œil d'étonnement, pendant que le gouverneur, qui s'est approché de la porte du corps de garde, appelle :) Lieutenant Micklewitz !

L'officier paraît, le gouverneur lui parle bas, en lui montrant Fritzen.

L'OFFICIER, saluant.

Il suffit. (A Fritzen.) Venez!

Ils sortent.

SCÈNE IV

LE BARON, LE GOUVERNEUR.

LE GOUVERNEUR, qui a suivi des yeux Fritzen.

Le prince vous a-t-il donné des instructions au sujet de cet homme?

LE BARON.

Aucune.

LE GOUVERNEUR.

C'est lui alors, qui, la chose faite, se chargera de le faire disparaître.

LE BARON, après un mouvement qu'il réprime.

Je le crois aussi.

LE GOUVERNEUR.

De toute façon, il est inutile qu'il nous entende.

LE BARON.

Je vous écoute.

LE GOUVERNEUR.

Pour que le prince vous ait choisi, il faut que vous con-
naissiez le comte Christian.

LE BARON.

Je le connais.

LE GOUVERNEUR.

Mais le connaissez-vous assez pour qu'il ait toute confiance
en vous?

LE BARON.

Je l'espère.

LE GOUVERNEUR.

Du reste, comme vous lui direz que vous venez pour le
sauver, il vous croira facilement et tout ira pour le mieux.
Voici donc ce que vous aurez à faire pour accomplir la volonté du prince. Muni de deux limes et d'une échelle de cordes que je vais vous procurer, et que vous aurez le soin de
dissimuler sous votre manteau, vous entrerez chez le prisonnier. Si vous le décidez à s'évader, il est perdu.

LE BARON.

Je commence à comprendre.

LE GOUVERNEUR.

Surtout, sachez l'heure exacte de sa fuite... Car il est in-
dispensable que je sois prévenu.

LE BARON.

Nécessairement.

LE GOUVERNEUR.

Dès que je saurai l'heure, je ferai placer votre homme.

LE BARON.

C'est-à-dire...

LE GOUVERNEUR.

C'est-à-dire que je le mettrai en sentinelle sur le bastion,
qui fait face à la tour du cachot... à dix pieds au-dessous de
la fenêtre environ... et aussitôt que le prisonnier passera
devant le bastion...

LE BARON, froidement.

Il sera tué à bout portant.

LE GOUVERNEUR, affirmativement.

A bout portant; la consigne est inflexible!... Vous voyez

que c'est très-simple et on ne peut accuser personne, le prisonnier cherche à s'évader; un soldat qui ne connaît que sa consigne, fait feu sur lui et le tue... Quoi de plus naturel? La justice n'a rien à y voir et mon rapport suffira.

LE BARON.

C'est très-simple, en effet.

LE GOUVERNEUR.

Faites vite, faites bien et le prince sera content de vous.

LE BARON, saluant.

De nous, monsieur le gouverneur, car je lui dirai, croyez-le bien, avec quel zèle vous vous êtes employé pour son service.

LE GOUVERNEUR.

Oh! il sait qu'il peut compter sur moi. Je vais vous remettre maintenant les outils, l'échelle de corde, et signer l'ordre de vous laisser communiquer avec le prisonnier.

LE BARON.

Quand vous voudrez.

LE GOUVERNEUR.

A l'instant; suivez-moi.

Ils sortent.

SCÈNE V

CHRISTIAN, seul, se réveillant à droite, il se met sur son séant, regardant autour de lui.

Où suis-je donc?... Ah! je me souviens! (Il se lève.) La roche Tarpéienne est près du capitole, dirait cet étourdi de René! — Oui... je me souviens!... La Czarine sait que j'aime mademoiselle de Kempelen, et elle se venge!... en Czarine!... Mais comment a-t-elle découvert cet amour? Voilà ce que je ne puis m'expliquer? Deux hommes seuls, René et le baron de Kempelen peuvent savoir... et je ne leur fais pas l'injure de les soupçonner! qui donc m'a trahi? Marie elle-même... et involontairement... c'est plutôt cela .. Allons! qu'ils fassent de moi ce qu'ils voudront!... Aussi bien, mon masque me pesait... que je l'aie jeté de mon plein gré ou qu'on me l'ait arraché... peu importe! Être obligé de sourire tous les jours à une femme, quand à la pensée et au cœur est toujours présente l'image d'une autre. Ah! c'était un supplice au-dessus de mes forces... Quel doit être mon sort? Si je savais dans quelle prison d'État on m'a conduit? Tout est là! Quand c'est la mort, on dirige le prisonnier vers une des forteresses construites sur un lac ou sur la mer... à la nuit, sans autre forme de jugement, le bourreau entre dans le cachot et remplit son office .. On jette le corps dans le lac ou dans la mer... et tout est dit!... Nous avons mis trois heures environ pour venir de Pétersbourg ici .. Si cette fenêtre donne sur un lac... c'est le lac Ladoga, et je suis enfermé à Schlusselbourg... Voyons... (Il monte debout sur le lit et regarde par la lucarne. Pendant ce temps et les quelques mots qui suivent, on relève la sentinelle dans le compartiment de gauche, et on met Ymélian en faction devant le corps-de-garde. — Christian, qui est descendu:) Le lac Ladoga... allons! je suis plus près de la mort que de la Sibérie!

Il va s'asseoir sur un escabeau et reste absorbé.

SCÈNE VI

CHRISTIAN, assis à droite, LE BARON, entrant dans le cachot, suivi d'un guichetier, qui se retire.

CHRISTIAN, levant la tête.

Qui vient là?

LE BARON.

Un ami.

CHRISTIAN, le reconnaissant, très-surpris.

Monsieur de Kempelen! vous, monsieur le Baron, vous ici?

LE BARON.

Nous n'avons pas le temps de nous étonner, monsieur, car les minutes nous sont comptées. Écoutez-moi?

CHRISTIAN.

Parlez, monsieur, parlez.

LE BARON.

C'est la première fois, monsieur le comte, que nous nous trouvons seuls ensemble, et je veux établir nettement notre situation vis-à-vis l'un de l'autre. — (Christian s'incline, le baron continue.) Il y a deux ans, à la cour de Prusse, vous avez rencontré mademoiselle de Kempelen, ma fille, et vous lui avez offert votre nom. En apprenant que mademoiselle de Kempelen était déjà fiancée, vous vous êtes éloigné, avec l'intention de ne la revoir jamais. — Ces jours derniers, en la retrouvant à l'Ermitage et en sachant qu'elle n'était pas mariée, vous lui avez reparlé de votre amour et lui avez annoncé votre intention de me demander sa main .. Est-ce la vérité?

CHRISTIAN.

C'est la vérité, monsieur le baron

LE BARON.

De sorte que si, aujourd'hui, vous étiez libre, maître de
votre personne et de vos actions...

CHRISTIAN, se levant.

Ainsi qu'il y a deux ans, j'aurais l'honneur d'offrir mon
nom à mademoiselle de Kempelen.

LE BARON, se levant.

Marie vous aime, monsieur, et si nous sortons sains et
saufs de cette forteresse; si, comme je l'espère, nous parve-
nons, elle, vous et moi à passer la frontière, Marie sera
votre femme.

CHRISTIAN. avec effusion.

Ah! monsieur, c'est le bonheur que vous m'apportez.

LE BARON, lui tendant la main, souriant.

Vous voyez que nous sommes d'accord. Sachez maintenant que le comte Orloff a juré votre mort! J'ai appris ses
projets, j'ai été assez heureux pour les prévenir... Comment?
Et par quels moyens? Vous me le demanderez plus tard,
car nous n'avons que le temps d'agir... Voici deux limes
avec lesquelles vous ferez sauter les barreaux de cette fenêtre, et voici une échelle de corde pour descendre de la
tour.

CHRISTIAN.

Très-bien, donnez.

LE BARON, comme se ravisant.

Ah! vous verrez un soldat en faction sur la courtine qui
regarde cette fenêtre... Il a ordre en cas d'évasion de faire
feu sur vous. C'est le piége que le prince Orloff vous ten-
dait. Mais ne craignez rien; ce prétendu soldat n'est autre
que Fritzen, un homme à moi, qui aura soin de vous manquer

CHRISTIAN, souriant.

J'aime mieux cela.

LE BARON.

Mais comme nous avons intérêt à ce que vous passiez pour
mort, afin de vous soustraire à la colère de la Czarine et à
la haine d'Orloff, au coup de feu tiré par Fritzen, jetez un
cri, abandonnez l'échelle et laissez-vous tomber dans le lac.
Je vous attendrai dans une barque, au pied de la tour, pour
vous conduire dans une maison que j'ai louée dans un des
faubourgs de la ville et où sont renfermés mes travaux de
mécanique. Là, vous vous tiendrez caché, jusqu'au jour où
nous pourrons gagner la frontière.

CHRISTIAN.

Je ferai ainsi que vous le désirez.

LE BARON.

Et pour tout le monde le comte Christian aura été tué en cherchant à s'évader de Schlusselbourg. Vous ressusciterez en Allemagne.

CHRISTIAN.

J'y compte bien! car je n'ai jamais autant aimé la vie qu'à présent!

LE BARON.

Bientôt la nuit va venir... Quand l'horloge de la forteresse sonnera huit heures, lancez l'échelle et descendez.

CHRISTIAN.

A huit heures, c'est convenu.

LE BARON, cherchant.

Est-ce tout?... oui... (Avec émotion) Maintenant, au revoir.. et... (Lui offrant ses bras) à la grâce de Dieu!

CHRISTIAN.

Monsieur le baron!.. (Se jetant dans ses bras) mon père!...
Ils s'embrassent, puis le baron met un doigt sur sa bouche et sort du cachot en disant:

LE BARON.

A huit heures!

SCÈNE VII

CHRISTIAN, dans la prison, YMÉLIAN en faction dans la cour devant la porte du corps de garde, LE LIEUTENANT MICKLE-WITZ et FRITZEN viennent de gauche, Fritzen sous l'uniforme des soldats de la garnison.

CHRISTIAN, qui a mesuré l'échelle de corde.

Trente pieds environ. La tour doit être plus élevée que cela... mais peu importe! ne perdons pas de temps et attaquons ces barreaux avant la nuit.

Il monte sur son grabat et se met à scier les barreaux.

MICKLEWITZ, à Fritzen.

Chargez votre arme et attendez ici.

Il entre dans le corps de garde.

FRITZEN.

Chargeons mon arme, et attendons ici. (Il charge son fusil.
Cet uniforme me gêne dans les entournures... vous me direz
qu'il n'a pas été fait pour moi, pas plus que je n'ai été fait
pour lui! Oh! non, par exemple! Et on m'aurait dit : En
entrant au service d'un savant vous entrerez dans l'uniforme
d'un soldat de la garde... voilà une chose qui m'aurait pas
mal étonné! Il paraît qu'on va me mettre en faction sur le bastion nº 1, avec une consigne... soignée! Ils peuvent être tran-
quilles avec leur consigne... Si je l'exécute, c'est encore une
chose qui m'étonnera bien. (Voyant Micklewitz.) L'officier! Attention! portez armes!

MICKLEWITZ.

Suivez-moi !

FRITZEN, à lui-même

Arme bras! peloton par le flanc droite, droite! arche.

Il suit Micklewitz, tous deux sortent à droite.

SCÈNE VIII

CHRISTIAN, POUGATSCHEFF, en faction, puis ORLOFF ;
la nuit vient pendant cette scène.

YMÉLIAN, en faction à gauche.

Il doit se passer quelque chose d'extraordinaire ici ; on
s'occupe beaucoup de ce nouveau prisonnier.

CHRISTIAN.

Voilà qui est fait, maintenant, attendons l'heure.

Il sort. Un homme vient du fond, à gauche, enveloppé dans un manteau.

ORLOFF, à Ymélian.

C'est ici qu'on a amené un prisonnier la nuit dernière?

YMÉLIAN, s'arrête.

C'est ici.

ORLOFF, le regarde et l'écoute avec surprise.

Oh! c'est étrange!... Approche un peu?

YMÉLIAN.

Ce n'est pas ma consigne.

ORLOFF, ouvre son manteau et laisse voir ses décorations, et avec
autorité.

Le prince Orloff t'ordonne d'avancer!

YMÉLIAN.

Le prince Orloff!

Il s'avance vivement et présente les armes.

ORLOFF, le regardant et à lui-même.

Même taille!... même regard... beaucoup d'analogie dans les traits... et jusqu'au son de la voix qui me rappelle... (A Ymélian.) On ne t'a jamais dit à qui tu ressemblais?

YMÉLIAN.

A qui donc, prince?

ORLOFF, brusque.

A personne!... De quel pays es-tu?

YMÉLIAN.

De l'Ukraine.

ORLOFF.

Tu te nommes?

YMÉLIAN.

Ymélian Pougatscheff!...

ORLOFF.

Depuis combien de temps es-tu dans la garde?

YMÉLIAN.

Depuis trois mois.

ORLOFF.

C'est bien! retourne à ton poste!... (A part.) Si le Czar Pierre III n'était pas mort, je croirais le voir dans cet homme... La nature a de singuliers caprices! (Écrivant.) Ymélian Pougatscheff!

SCÈNE IX

CHRISTIAN, à droite; ORLOFF, YMÉLIAN,
LE GOUVERNEUR, dans la cour.

Nuit sur la scène, qui n'est éclairée que par la lanterne du corps de
garde.

LE GOUVERNEUR, au fond, accompagnant le baron.

Inutile que vous reveniez, vous irez aussitôt rendre compte de votre mission à celui qui vous envoie.

Le baron salue et sort.

ORLOFF.

Cette voix?... (Appelant.) Michleff?

LE GOUVERNEUR.

Qui m'appelle?... Vous, prince?

ORLOFF.

Oui. En retournant à Foksani, j'ai voulu m'arrêter ici, pour vous parler du nouveau prisonnier qui est arrivé cette nuit... (A mi-voix.) J'avais songé d'abord à vous envoyer deux hommes avec l'anneau que vous savez; mais, au moment de partir, j'ai expédié contre-ordre, ne voulant m'en rapporter qu'à moi-même.

LE GOUVERNEUR,

Votre contre-ordre est arrivé trop tard, monseigneur; car les deux hommes sont venus.

ORLOFF.

Déjà !

LE GOUVERNEUR.

Et la preuve, c'est que voici votre anneau que je vous rends.

ORLOFF, l'examinant à la lanterne.

Oui... c'est bien lui... Et ces deux hommes?

LE GOUVERNEUR.

L'un de ces deux hommes a vu le prisonnier... Il l'a décidé à s'évader et lui en a fourni les moyens.

ORLOFF, avec joie.

Ah!

LE GOUVERNEUR.

Il vient de descendre sur le lac. L'autre est en faction sur le bastion n° 1, à dix pas de la fenêtre du cachot.

ORLOFF.

Seul?

LE GOUVERNEUR.

Seul.

ORLOFF.

A quelle heure l'évasion ?

LE GOUVERNEUR.

A huit heures!

ORLOFF.

La nuit, ce n'est pas assez d'un factionnaire... ils étaient trois qui ont tiré sur Yvan, et il vivait encore.

LE GOUVERNEUR.

C'est si près...

ORLOFF.

Croyez-moi, choisissez parmi vos hommes de garde un bon tireur, et envoyez-le rejoindre l'autre.

LE GOUVERNEUR, salue.

A vos ordres !

Il s'approche du corps de garde, et appelle.

ORLOFF.

Deux précautions valent mieux qu'une : deux factionnaires valent mieux qu'un.

LE GOUVERNEUR, appelant.

Micklewitz?

Micklewitz sort du corps de garde et lui parle bas.

MICKLEWITZ, appelant à son tour dans le corps de garde.

Michel?... Prenez votre arme et avancez à l'ordre!

Le soldat exécute l'ordre.

LE GOUVERNEUR, à Micklewitz.

On craint une tentative d'évasion ; placez cet homme sur le bastion nº 2, et qu'il exécute la consigne. *(Au moment où l'officier et le soldat sortent, un courrier paraît, salue le gouverneur et lui remet une dépêche.)* Une dépêche !

Il s'approche de la lumière pour lire.

ORLOFF, regardant le courrier.

La livrée de la Czarine!

LE GOUVERNEUR, au courrier.

C'est bien!... allez !... (Le Courrier sort.) Tout est perdu ! Ce courrier précède la Czarine de quelques instants.

ORLOFF.

Oh! je m'en doutais!... Elle vient voir le prisonnier !

LE GOUVERNEUR.

Que faire?

ORLOFF.

Il faut qu'elle arrive trop tard !

LE GOUVERNEUR.

Impossible! l'évasion ne doit avoir lieu que dans une demi-heure, et la Czarine est aux portes de la forteresse!...

ORLOFF, colère.

Oh! une demi-heure!... seulement, rien qu'une demi-heure! Écoutez! d'abord, faites avancer d'un quart d'heure l'horloge de la forteresse... moi, je reste, et pendant les quinze autres minutes, je me charge de la retenir. (Bruit au dehors.)

LE GOUVERNEUR.

C'est elle! je cours à sa rencontre.

ORLOFF.

Ah!... encore un mot : quand elle vous intimera l'ordre de
la conduire auprès du prisonnier, ne laissez ouvrir les portes, même devant elle, qu'après avoir échangé le mot d'ordre avec chaque sentinelle... c'est encore un moyen de gagner du temps.

LE GOUVERNEUR.

Bien. (Il sort.)

SCÈNE X

ORLOFF seul, puis CATHERINE, en costume de voyage et LE GOU-
VERNEUR. Escorte, portant des torches allumées.

ORLOFF.

Allons! j'aurai du malheur si je ne parviens à empêcher
Catherine de voir le comte Christian avant huit heures... oui,
quand je devrais lui barrer le passage... elle arrivera trop
tard!

CATHERINE, entrant.

Je vous félicite de votre vigilance, monsieur le gouverneur,
et je vous remercie de votre empressement. Je viens pour
interroger le prisonnier qui vous a été amené la nuit dernière.

ORLOFF.

La Czarine daignera bien m'accorder quelques instants?

CATHERINE.

Ah! c'est vous, prince Orloff... oui... Schlusselbourg est
sur la route de Foksani ; j'avais comme un pressentiment que
je vous trouverais ici.

ORLOFF.

J'étais sûr, moi, que vous y viendriez, et je vous y attendais pour remplir un devoir.

CATHERINE.

Un devoir? (Au gouverneur.) Tenez-vous à distance, monsieur;
dans un instant, je vous rappellerai.

Il sort, suivi des soldats, après avoir échangé un regard d'intelligence avec
Orloff. Demi-nuit en scène.

ORLOFF.

Oui, mon devoir est de vous édifier sur la démarche que
vous faites en ce moment; mon devoir est de vous sauver de
votre propre faiblesse, car je devine vos projets : vous venez
pour faire grâce au comte Christian.

CATHERINE.

N'en ai-je pas le droit?

ORLOFF.

Non, madame, vous n'en avez pas le droit. S'il s'agissait d'un coupable ordinaire, je serais le premier à vous approuver, mais le comte Christian est accusé de haute trahison, et...

CATHERINE, vivement.

Le comte Christian n'a commis aucun crime, envers l'État, du moins, vous le savez aussi bien que moi... mieux que moi, puisque vous avez donné 500 roubles à un faussaire pour imiter son écriture.

ORLOFF, avec un mouvement.

Une pareille accusation, madame!

CATHERINE.

Osez donc me démentir! allons! c'est assez! faites-moi conduire!...

ORLOFF, l'arrêtant.

Mais, coupable ou non, vous oubliez que vous l'avez fait arrêter par le grand-juge et devant toute la cour?

CATHERINE, impatientée.

Eh bien! ce que je voulais alors, je ne le veux plus aujourd'hui; ma volonté est souveraine, ce me semble, et je n'ai à rendre compte de ma volonté à personne.

ORLOFF.

C'est-à dire que vous aimez le comte Christian.

CATHERINE

Soit! j'aime le comte Christian. Cela vous suffit-il? Que vous faut-il de plus?

ORLOFF, jouant la passion, à mi-voix.

Je veux! je veux que vous sachiez qu'en me parlant ainsi vous m'arrachez le cœur, car je vous aime toujours, moi; je n'ai jamais cessé de vous aimer.

CATHERINE, étonnée.

Vous m'aimez encore? Quel intérêt avez-vous donc. Orloff, à me parler ainsi? Vous avez quelque secret dessein que je cherche à comprendre.

ORLOFF.

Moi?

CATHERINE.

Vous! Ah cela! croyez-vous donc que je me méprenne à vos semblants de tendresse? De l'amour entre vous et moi? Ah! nous n'en sommes plus là, Dieu merci!

ORLOFF.

A qui la faute ? Tenez, Catherine, je suis prêt à vous pardonner un moment d'égarement, de folie... mais oubliez ce jeune homme. Quelle preuve d'amour vous a-t-il donnée ? Aucune ! — Qu'a t-il fait pour mériter votre affection ?... Rien... Tandis que moi, Catherine, souvenez-vous ?

CATHERINE.

A quoi bon me souvenir ? à quoi bon regarder en arrière ? — Nous avons des yeux au front, prince Orloff, pour regarder devant nous ! et que m'importe aujourd'hui le chemin par lequel j'ai passé !...

ORLOFF.

Mais ce chemin, nous l'avons fait ensemble ! il porte de notre passage des traces ineffaçables !... Abreuvée d'outrages, d'humiliations par le czar Pierre III, votre époux, qui faisait asseoir publiquement à vos côtés cette courtisane, cette Romanouna, sa maitresse ! vous marchiez alors appuyée sur moi !... Et quand, cédant aux obsessions de cette créature, il allait vous répudier pour partager son trône avec elle... qui donc sur votre front a placé la couronne ?

CATHERINE.

Ce n'est pas vous, car j'en étais digne ! Quand il osa songer à me répudier, Pierre III, cet homme faible, irrésolu et qui n'avait de courage que pour ses vices ! Pierre III était déjà tombé sous le mépris public ! Et moi, j'avais su gagner le cœur de mes sujets ! Ce n'est pas à vous, c'est à eux seuls que je dois ma couronne.

ORLOFF.

Mais si votre époux n'était pas mort ? Vous avez peu de mémoire, Catherine, et vous oubliez la nuit du 7 juillet 1742 ?

CATERINE, tressaillant.

Oh ! taisez-vous ! taisez-vous !

ORLOFF.

C'est l'amour de vos sujets, dites-vous, qui vous a placée sur le trône, soit ! Mais qui donc, dans la nuit du 6 juillet, a fait prendre à votre époux ce breuvage que le médecin de la cour avait composé ? Et comme le poison était trop lent, comme les cris du czar commençaient à se faire entendre... qui donc se jeta sur lui et le renversa ?

CATHERINE.

Taisez-vous ! taisez-vous !

ORLOFF.

C'était Alexis Orloff, mon frère, et je le vois encore... il lui pressait la poitrine avec ses genoux, tandis que de ses deux mains il lui serrait la gorge, et il le tint ainsi jusqu'à ce qu'il eut cessé de crier.

CATHERINE, avec force.

Eh bien! après tout! Est-ce que je savais cela, moi? Et ce meurtre... est-ce moi qui vous l'ai commandé?

ORLOFF.

Non, vous l'avez laissé faire! Eh bien, madame, le comte Christian vous a-t-il donné une preuve d'amour comme celle-là?

CATHERINE.

Une preuve d'amour? mais vous agissiez ainsi pour satisfaire votre ambition personnnelle! Car, enfin, qu'étiez-vous donc, Orloff, quand je vous ai connu? vous étiez le fils d'un strélitz et lieutenant aux gardes; aujourd'hui vous possédez vingt mille serfs, vous êtes lieutenant-général, prince de l'Empire!... Vous portez sur votre poitrine, étoiles et colliers, tous les ordres de la Russie! Il paraît que ce n'est pas assez. Allons, que vous faut-il encore?

ORLOFF.

Vous me le demandez?

CATHERINE, ironique.

Ah! nous y voilà! vous voulez Catherine II pour femme, n'est-ce pas? Vous voulez que je vous fasse asseoir à mes côtés, sur ce trône que vous prétendez m'avoir donné? Ah! tenez, votre orgueil me fait pitié! — Finissons! et faites-moi place!

ORLOFF.

Un instant encore, de grâce!

CATHERINE.

Ah! vous abusez de ma patience! Ne me forcez pas à commander!

ORLOFF.

Vous oubliez que je suis lieutenant-général des armées! et, qu'à ce titre, c'est à moi seul de commander dans les forte-resses de l'Empire?

CATHERINE.

Une menace!... vous osez, je crois, me menacer!... Holà! quelqu'un? (Au gouverneur.) Monsieur le gouverneur, conduisez-moi à l'instant même, — à l'instant, vous m'entendez, — au cachot du comte Christian!

LE GOUVERNEUR, saluant.

J'obéis!

Les porteurs de torches sortent suivis du Gouverneur et de Catherine.

ORLOFF, tirant sa montre.

Dans deux minutes, le comte Christian sera tué!

Changement à vue.

———————

ACTE QUATRIÈME

CINQUIÈME TABLEAU

L'évasion

Une terrasse de la forteresse à ciel découvert. — Un mur crénelé et à hauteur d'appui ferme cette terrasse au fond; et, du milieu de ce mur s'élève la tour dans laquelle est enfermé Christian. — La fenêtre du cachot est presque de trois quarts, de façon à ce qu'on puisse voir le prisonnier enlever les barreaux, jeter l'échelle de corde et exécuter son évasion. — Au fond, et s'étendant au loin, le lac Ladoga. — Clair de lune par intervalles.

SCÈNE PREMIÈRE

FRITZEN, LA SENTINELLE, placée par Orloff.

Fritzen et la sentinelle, l'arme au bras, se croisent et marchent de long en large sur un bastion qui fait face à la fenêtre du cachot. Le bastion se termine par une courtine à mur crénelé, plus rapprochée de la fenêtre et avançant sur le lac.

FRITZEN, inquiet, regardant à la dérobée la sentinelle avec laquelle il se croise. A part.

M'sieu le baron m'a dit de comprendre à demi-mot; mais du diable si je devine les intentions de ce nouveau camarade? Est-ce un ami... est-ce un ennemi? L'officier lui a parlé à l'oreille en lui indiquant la fenêtre... quelle est sa consigne à lui? Si j'essayais de le faire causer... Hum! il a l'air communicatif comme les verrous d'une prison!... C'est égal... essayons. (D'un ton gracieux et tout en marchant.) Voilà une belle nuit, camarade, et il fait bon à être en faction par un temps pareil?... (La sentinelle hâte le pas comme si elle n'avait pas entendu.) Rien!... Il est peut-être muet!... ou il ne comprend pas?... Si je lui parlais dans ma langue maternelle?... (D'un ton gracieux.) Bitter halt, collège, thut gar nicht gout bei solchein, wetter wesche zu halten. (La sentinelle s'arrête, le regarde avec colère et lui répond sèchement.)

LA SENTINELLE.

Pod aroudjou gorovit ne l'za moltchi.

FRITZEN, *ne comprenant pas.*

Ah!... (A part.) Il n'est pas muet!... mais c'est tout comme... Qu'est-ce qu'il m'a dit là?.,. ça doit être du caucase'... Nous ne sommes pas faits pour nous entendre... Je n'en suis pas plus avancé... (Huit heures sonnent.) Huit heures! Mon Dieu! qu'est-ce qu'il va faire? Je n'ai pas une goutte de sang dans les veines!

SCÈNE II

FRITZEN, La Sentinelle, CHRISTIAN.

Dès que huit heures sonnent, on voit la main de Christian enlever successivement les barreaux; puis il lance au dehors l'échelle de corde. — Bientôt il paraît lui-même et descend les premiers échelons, éclairé par les rayons de la lune. A ce moment, la sentinelle placée par Orloff arme son fusil, le porte à l'épaule et ajuste Christian.

FRITZEN, qui a suivi avec anxiété tous ses mouvements, jetant un cri.

Ah! (Il épaule vivement son fusil et fait feu sur la sentinelle qui recule, laisse échapper son arme et va tomber à la renverse sur la courtine. Au bruit du coup de feu, Christian chancelle, abandonne l'échelle, et se laisse tomber dans le lac.) Qu'est-ce que j'ai fait là? J'ai tué un homme... (Écoutant.) On vient... mais alors... je suis perdu, moi!... comment fuir!... comment leur échapper! (A ce moment, il aperçoit l'échelle de corde qui se balance à quelques pas de lui.) Ah!

Il monte sur la courtine, s'élance sur l'échelle, et disparaît rapidement.

SCÈNE III

ORLORFF, CATHERINE, Le Gouverneur, MICKLE-WITZ, YMÉLIAN, Soldats, avec des torches, accourant de tous côtés.

CATHERINE.

Qu'y a-t-il? monsieur le gouverneur. pourquoi ce coup de feu?

LE GOUVERNEUR.

Hélas! c'est une tentative d'évasion, madame. Le comte Christian, au moment où nous allions entrer dans son cachot, s'est échappé par la fenêtre... une sentinelle, obéissant à sa consigne, a fait feu sur lui...

CATHERINE, avec un cri.

Ah!... Christian!... tué!...

LE GOUVERNEUR.

Son corps est tombé dans le lac!...

CATHERINE, abattue, surprenant un mouvement de joie chez Orloff.

Ah! je devine... je comprends... (A Orloff.) Misérable!... c'est vous qui l'avez tué!

ORLOFF, reculant.

Madame!

CATHERINE, avec rage, à elle-même et les dents serrées.

Oh! les lâches! les lâches!... je comprends!... je comprends!... (Avec éclat.) Suis-je donc entourée de traîtres, et n'y a-t-il pas ici un homme qui veuille m'obéir?

L'OFFICIER, s'avançant.

Moi, madame...

CATHERINE.

Qui êtes-vous?

L'OFFICIER.

Micklewitz, lieutenant.

CATHERINE.

Lieutenant Micklewitz, je vous donne le commandement de cette forteresse... monsieur le gouverneur est votre prisonnier, et vous m'en répondez sur votre tête!... (Au gouverneur.) Les mines de la Sibérie, monsieur, vous feront souvenir de votre lâche complaisance! (S'approchant d'Orloff.) Vous, je vous hais! Et comme je suis lasse de votre orgueil, de vos insolences, de vos crimes, j'accepte la démission de tous vos emplois... Je vous exile, je vous chasse!... Et si jamais vous osez reparaître devant moi, souvenez-vous que ce sera au péril de votre vie!

ORLOFF, furieux, se contenant.

Madame, prenez garde !

CATHERINE, avec menace.

Je vous donne trois jours pour quitter l'Empire ! Adieu!

Elle sort.

SCÈNE IV

LES PRÉCÉDENTS, moins CATHERINE. Sur un geste de Micklewitz,
les soldats entourent le gouverneur, le désarment et l'arrêtent.

ORLOFF, à lui-même.

Exilé!... chassé!.. non, pas encore! Et ce trône que je
t'ai donné, Catherine, je saurai te le reprendre! (S'approchant
d'Ymélian et bas.) Déserte cette nuit, et viens me rejoindre à
Kasan.

YMÉLIAN, bas.

Que voulez-vous donc faire de moi, prince?

ORLOFF, bas.

Le Czar Pierre III!

YMÉLIAN.

Le Czar!

ORLOFF.

Silence!

Il sort.

YMÉLIAN, seul.

A-t fait?... la griffe du diable!

SIXIÈME TABLEAU

L'automate, joueur d'échecs.

L'atelier du baron de Kempelen. Plans, tours, machines, ébauches; au fond, à droite, caché par un grand rideau, l'automate; à gauche, une fenêtre. Portes latérales.

SCÈNE PREMIÈRE

FRITZEN, puis MARIE.

FRITZEN, travaillant à un tour.

A la bonne heure!... ici je suis dans mon élément! Pour un ouvrier mécanicien, il est plus agréable de se trouver à son travail qu'en faction vis-à-vis d'une tour!... non, décidément, je n'avais pas de vocation pour l'état militaire.

MARIE, entrant.

Toujours au travail, mon bon Fritzen.

FRITZEN.

Dame... mamzelle, je n'ai que cela à faire! Votre père invente et j'exécute!

MARIE.

Ce qui ne t'empêche pas d'avoir tout autant d'intelligence qu'un autre. C'est à ta décision et à ta présence d'esprit que le comte Christian a dù la vie, mon bon Fritzen, et je ne l'oublierai jamais.

FRITZEN, travaillant.

Puisque nous étions allés à Schlusselbourg pour ça, mamzelle... exprès pour ça!

MARIE.

Est-ce que mon père n'est pas rentré?

FRITZEN.

Pas encore, mamzelle... mais voici quelqu'un qui, en son absence, vient vous tenir compagnie.

SCÈNE II

Les Précédents, CHRISTIAN

MARIE, se retournant.

Christian!

CHRISTIAN.

Chère Marie!

MARIE.

Un instant, monsieur, qui vous a permis, en l'absence de
mon père, de sortir de votre chambre... c'est-à-dire de votre
prison?

CHRISTIAN.

L'ennui, mademoiselle... et puis, je ne vous ai vue qu'une
fois aujourd'hui... et en entendant votre voix...

MARIE.

C'est une imprudence! Ah! voici mon père.

SCÈNE III

Les Précédents, LE BARON, entrant vivement et comme un homme poursuivi.

MARIE.

Venez vous joindre à moi, mon père...

LE BARON, qui s'est arrêté près de la porte et qui écoute.

Chut!

MARIE ET CHRISTIAN, ensemble.

Qu'y a-t-il?

LE BARON, écoutant.

Je n'entends rien. (Il descend.) Je crains d'avoir été suivi!...
depuis deux ou trois jours, je vois rôder autour de cette maison des gens à allures suspectes et qui ne ressemblent en
rien aux ouvriers de ce faubourg.

MARIE, à Christian.

Que vous disais-je?

LE BARON.

Il faut prendre un parti, nous sommes épiés, surveillés...
un danger nous menace (A Christian.) Personne ne vous a vu?

CHRISTIAN.

Personne, que je sache.

LE BARON, allant à Fritzen.

Où en es-tu de ton travail?

FRITZEN.

Je viens d'ajuster le pivot de l'estrade.

LE BARON.

Tout est prêt alors?

FRITZEN.

Tout.

LE BARON.

Va, et veille au dehors. (A Marie.) Laisse-nous, mon enfant,
j'ai à parler à Christian.

Marie sort.

SCÈNE IV

LE BARON, CHRISTIAN.

LE BARON.

Je suis fort inquiet, mon cher Christian, du mouvement
que je remarque depuis hier autour de cette maison; je ne
sais ce qui s'est passé à Schlusselbourg à la suite de votre
évasion, mais il est évident que l'on ne croit pas à votre
mort et que je suis soupçonné de vous donner asile. Or, si
vous étiez arrêté, je ne serais pas assez heureux pour vous
sauver une seconde fois, et dans l'intérêt même de votre
sûreté, vous ne pouvez rester plus longtemps ici.

CHRISTIAN.

Nous séparer!

LE BARON.

Non! si vous consentez à ce que je vais vous proposer,
nous ne nous séparerons pas.

CHRISTIAN.

Je consens à tout d'avance, ma seule crainte est d'être
séparé de celle que j'aime!

LE BARON.

Alors, il faut partir le plus tôt possible et gagner l'Allemagne.

CHRISTIAN.

Comment exécuter ce voyage ? Nous aurons à traverser des villes, des villages et nous serons arrêtés à chaque pas; oh ! la police russe est l'une des plus soupçonneuses qui soit au monde.

LE BARON.

Aussi n'avons-nous pas le choix des moyens, mais il en est un qui vous permettra de franchir tous les obstacles.

CHRISTIAN.

Expliquez-vous ?

LE BARON.

Vous savez que je travaille depuis longtemps à un automate joueur d'échecs.

CHRISTIAN.

Celui dont on parlait à la cour?

LE BARON.

Précisément ! après avoir admiré les travaux de **M.** de Vaucanson, l'idée me vint de faire un automate joueur d'échecs. C'était une folie ! les combinaisons du jeu d'échecs sont innombrables, elles varient à l'infini ! c'est une suite de problèmes que le cerveau humain seul, peut résoudre : enfin, j'avais rêvé de donner la pensée à un mécanisme, et je le répète, c'était une folie. Après mille recherches, mille tentatives inutiles, j'allais y renoncer, quand il me vint une autre idée... étrange, bizarre et dont le souvenir même en ce moment me fait encore sourire. C'était en laissant à mon invention toutes les apparences d'un mécanisme, d'introduire une personne véritable, un joueur d'échecs dans l'automate, à la condition, le moment venu, de rendre cette personne invisible même en pleine lumière...

CHRISTIAN, étonné.

Est-ce possible ?

LE BARON.

C'est possible, puisque c'est fait, et si vous êtes décidé !..

CHRISTIAN, souriant.

Je suis décidé à tout pour être heureux !

LE BARON.

Bien. L'automate est terminé, il est là, je vais vous livrer un secret que ma fille même, ne soupçonne pas ! seuls Fritzen et moi...

SCÈNE V

LE BARON, CHRISTIAN, FRITZEN.

FRITZEN, entrant vivement.

M'sieu le baron, m'sieu le baron.

LE BARON.

Qu'y a-t-il ?

FRITZEN.

Un étranger est là qui insiste pour vous parler.

LE BARON.

Mais je t'avais recommandé...

FRITZEN.

Impossible de le congédier, il s'agit, dit-il, d'une communication des plus graves et qui ne souffre aucun retard.

LE BARON, à Christian.

Entrez là un instant, il faut savoir ce dont il s'agit. (A Fritzen.) Dis à cette personne que je suis prêt à la recevoir.

SCÈNE VI

LE BARON, RENÉ.

LE BARON, voyant entrer René.

M. le marquis de Verneuil.

RENÉ.

Dites un ami, monsieur le baron, un ami qui vient en toute hâte vous prévenir de l'honneur ou du danger qui vous menace.

LE BARON.

Je ne vous comprends pas ?

RENÉ.

Vous allez recevoir, dans quelques instants, la visite de la Czarine.

LE BARON, avec calme.

C'est un honneur pour moi, monsieur le marquis, ce n'est pas un danger.

RENÉ, hésitant et baissant la voix.

Cependant... si ce que l'on dit... est vrai ?...

LE BARON.

Et que dit-on, monsieur le marquis?

RENÉ.

Nous sommes seuls, et je puis parler à cœur ouvert?

LE BARON.

En toute confiance.

RENÉ.

On dit, à la cour que vous avez fait évader le comte Christian.

LE BARON.

Ah !

RENÉ.

D'après un rapport adressé de Schlusselbourg à la Czarine, on aurait trouvé sur un bastion le corps de l'un des soldats, qui étaient en faction sous la fenêtre des prisonniers et l'autre factionnaire aurait disparu. Ce rapport donne en outre le signalement d'une personne qui s'est présentée au gouverneur et qui a eu un entretien avec Christian ; or, ce signalement est exactement le vôtre, monsieur le baron. Enfin la Czarine a ordonné des recherches dans le lac qui sont restées sans résultat. On n'a pas retrouvé le corps du comte Christian.

LE BARON.

Est-ce tout?

RENÉ.

Pardon, on ajoute qu'un soldat placé en sentinelle sur la plate-forme a parfaitement distingué, quelques instants après le coup de feu, une barque qui glissait sur le lac et se dirigeait vers le rivage.

LE BARON.

Ainsi que vous le savez, je me suis rendu à la forteresse de Schlusselbourg et j'ai tenté de sauver le comte Christian, mais le prince Orloff en a décidé autrement.

RENÉ, avec émotion.

C'est donc vrai!... il a été tué! Ah! j'espérais encore... (Après un silence.) Je vous demande pardon d'insister ainsi, monsieur de Kempelen... mais comment expliquez-vous la mort de l'un des deux factionnaires et la disparition de l'autre ?

LE BARON, avec impatience.

Je ne suis pas chargé de l'expliquer, monsieur le marquis.

RENÉ.

Soit! (Avec un soupir.) Allons!... n'en parlons plus!... Pauvre

Christian !... (Revenant.) Ainsi, monsieur le baron, la visite de la Czarine ne vous inspire aucune inquiétude ?

LE BARON.

Aucune.

RENÉ, avec intention.

La perquisition qui va avoir lieu ici, chez vous, dans un instant, ne vous fait courir aucun danger ?

LE BARON.

Aucun.

RENÉ, après un soupir.

Fort bien ! (Saluant.) Il me reste à vous demander pardon d'avoir forcé votre porte.

<h1 style="text-align:center">SCÈNE VII</h1>

RÉNÉ, LE BARON, FRITZEN, puis MARIE.

FRITZEN, accourant d'un air effaré.

Alerte ! la rue est pleine de gens de police et de soldats..,

LE BARON, souriant.

Eh bien, mon ami, qu'ils viennent !... nous n'avons rien à craindre d'eux.

MARIE, entrant effrayée.

Christian ?... Christian ?... fuyez ?..., les soldats.

LE BARON, à lui-même.

Imprudente !

RENÉ, avec un cri de joie, comprenant et vivement.

Ah !... merci, merci, mademoiselle. (Au baron.) Christian existe !... vous l'avez sauvé. (Mouvement du baron.) Ne niez pas... je ne vous croirais plus... il est ici !

MARIE, à elle-même.

Dieu ! qu'ai-je fait ! (A René.) Oh ! monsieur, par pitié, ne le trahissez pas.

RENÉ.

Le trahir ! lui... mon meilleur ami.

SCÈNE VIII

Les précédents, CHRISTIAN.

RENÉ, l'apercevant.

Christian ! mon cher Christian !

Il se jette dans ses bras.

CHRISTIAN.

Mon cher René !

Ils s'embrassent.

RENÉ.

C'est bien toi ? tu es bien vivant ? tu en es sûr ?

FRITZEN, qui regardait à la fenêtre.

Ils montent... ils vont venir !

RENÉ, tirant son épée et montrant Fritzen.

Une arme à ce brave garçon, monsieur de Kempelen, et avant qu'on ne nous ait passé sur le corps à tous les trois, Christian aura le temps de fuir.

LE BARON.

Que faites-vous ! (A Christian.) Suivez Fritzen, il vous dira le secret de l'automate... et, au nom du ciel ! quoi qu'il arrive, ne vous montrez pas, n'en sortez pas. (Fritzen et Christian disparaissent derrière la tapisserie qui cache l'automate. A René.) L'épée au fourreau, monsieur le marquis, votre ami, n'a rien à craindre, ayez confiance en moi.

On frappe à la porte, le baron va ouvrir.

SCÈNE IX

RENÉ, MARIE, LE BARON, LA CZARINE, VASILI, LE GRAND-JUGE et sa suite GENS DE POLICE, ESCORTE.

LE BARON, reculant devant la Czarine qui paraît la première et jouant l'étonnement.

Que vois-je !... la Czarine !... Quoi ! madame, vous avez daigné... Ah ! que je regrette de ne pas avoir été prévenu de l'honneur que vous me faites en ce moment.

CATHERINE, qui est entrée en regardant autour d'elle.

Point de cérémonie, M. de Kempelen. Je viens visiter votre atelier, et ces messieurs viennent visiter votre maison.

LE BARON, souriant.

Eh ! mais... cette dernière visite ressemble beaucoup à une perquisition ? (A la suite.) Faites votre devoir, messieurs. (Vasili, le grand-juge et les gens depolice se dispersent, sortant par différents côtés. A la Czarine.) Est-ce que j'aurais commis sans le savoir quelque crime de lèse-majesté?

CATHERINE.

Je vais vous dire avec ma franchise habituelle ce dont on vous accuse, monsieur de Kempelen ; on vous accuse d'avoir osé substituer votre justice à la mienne : on vous accuse d'avoir favorisé l'évasion d'un prisonnier et de lui donner asile...

LE BARON.

Vous voulez parler du comte Christian. En effet, madame, j'aurais voulu le soustraire, non pas à votre justice, mais à une lâche vengeance, à un piège infâme... Je l'ai tenté... et je ne n'ai que le regret, que la douleur de ne pas avoir réussi.

CATHERINE, vivement.

Ainsi Christian... (Se reprenant.) Le comte Christian ?... (Le baron baisse la tête sans répondre.) Prenez garde à vos paroles, monsieur, je n'aime pas à être traitée comme une femme ordinaire et ce que je veux avant tout, c'est la vérité !... Autant un aveu loyal, sincère, me trouverait disposée à la clémence, autant je regarderais le silence et le mensonge comme un outrage.

LE BARON.

J'ai dit la vérité, madame, et le résultat de la visite que l'on fait en ce moment chez moi vous en apportera la preuve.

CATHERINE.

Il suffit. (Apercevant Marie et avec un ton qui dément ses paroles.) Ah ! vous êtes là, monsieur de Verneuil, et vous aussi mademoiselle de Kempelen, je suis aise de vous voir.

MARIE, saluant.

Madame !

CATHERINE, regardant Marie et à part.

Elle est bien calme !... Il n'est donc pas ici ?... mais elle n'est pas triste, il n'est donc pas mort ?... (Haut au baron.) C'est ici que vous travaillez à toutes vos merveilles ?

LE BARON.

Oui, madame. Et je regrette vivement mon atelier de Presbourg... où je l'avoue, j'ai le désir de retourner le plus tôt possible.

CATHERINE.

Ah! vous voulez nous quitter?

LE BARON, saluant.

Aussitôt que la Czarine voudra bien me faire délivrer un passeport.

CATHERINE, gracieusement.

Si cela ne dépendait que de moi, monsieur le baron, je vous le ferais attendre longtemps encore. (A Vasili et aux gens

qui sont revenus et se sont consultés à voix basse.) Eh bien, messieurs,
le résultat de votre visite ?

VASILI, à Catherine.

J'ai dirigé moi-même les recherches... elles ont été faites
avec le plus grand soin... nous n'avons trouvé personne.

LE BARON.

Vous l'entendez, madame.

VASILI.

Il est un seul endroit que nous n'ayons pas visité. (Montrant
la tenture qui cache l'automate.) Celui-ci !

CATHERINE.

Ah !

VASILI.

Nous avons trouvé là un jeune ouvrier qui n'a pas voulu
nous permettre de soulever cette draperie, sans l'autorisation
formelle de M. le baron.

LE BARON.

Veuillez excuser ce jeune ouvrier, madame, je lui avais,
en effet, défendu de laisser voir à qui que ce soit mon automate.

CATHERINE.

Votre automate?. Le joueur d'échecs? Ce chef d'œuvre
mécanique dont vous m'avez parlé... il est là...

LE BARON.

Oui, madame.

CATHERINE, vivement.

Ah ! il est achevé... (Le baron s'incline en signe d'assentiment.)
Je serais curieuse de le voir... Est-ce possible?

LE BARON.

A l'instant, si la Czarine le désire.

CATHERINE.

Mais sans doute... et je vais...

LE BARON, souriant, l'arrêtant

Ne vous dérangez pas, madame, je vous en prie, mon automate est un personnage trop bien élevé pour laisser une
souveraine venir à lui, et c'est lui qui va venir à elle.

Sur un signe du baron la draperie s'écarte et l'estrade sur laquelle est
placé l'automate descend d'elle-même et s'arrête au milieu du théâtre.
L'estrade est assez élevée pour laisser voir entièrement le plancher du
théâtre.

CATHERINE.

Le voilà donc, ce curieux automate. Et il joue aux échecs?

LE BARON, souriant.

Oui, madame, il est même d'une certaine force.

CATHERINE.

Nous allons en juger. Voulez-vous, monsieur le baron,
disposer les pièces pour une fin de partie.

LE BARON, *montant sur l'estrade de l'autre côté.*

Parfaitement... (*Il dispose les pièces sur l'échiquier,*) Quand vous voudrez, madame.

Il descend, la Czarine fait avancer une pièce en silence et attend. L'Automate prend de la main gauche et lentement une pièce de son jeu et la place à son tour.

CATHERINE, *très-étonnée.*

Bien joué! (*La partie continue.*) C'est merveilleux! (*Elle joue, l'Automate riposte et lui prend un cavalier qu'il pose à côté de l'Échiquier.*) Il m'a pris mon cavalier!

LE BARON.

Vous avez fait une faute, madame.

CATHERINE.

C'est vrai!... (*La partie continue ; à elle-même,*) Quelle idée!... voyons donc! (*Elle joue contre la règle et met la pièce sur une autre case. L'automate d'un revers de main renverse toutes les pièces.*) Ah! c'est inouï!

LE BARON.

Qu'y a-t-il?... Ah! vous avez joué contre la règle du jeu... Le cas est prévu, vous le voyez. (*Il monte sur l'estrade et replace les pièces.*) Est-ce bien comme cela?

CATHERINE.

C'est cela! (*Pendant que la partie continue, et à part.*) L'automate joue de la main gauche...comme Christian. (*Haut.*) J'ai perdu!

(*Elle descend de l'estrade, soucieuse, absorbée.*)

LE BARON.

Eh bien, madame?

CATHERINE.

Eh bien?... monsieur de Kempelen, je crois avoir deviné votre secret.

LE BARON.

Mon secret?

CATHERINE, *s'animant.*

Il est impossible qu'un mécanisme puisse prévoir les mille et une combinaisons du jeu d'échecs. Cet automate est une merveille, j'y consens, ce n'est pas un prodige! un homme est caché là! monsieur! et cet homme est le prisonnier que nous cherchon et auquel vous avez donné asile!

LE BARON.

La seule réponse que j'aie à faire, madame, c'est de mettre sous vos yeux tout le mécanisme. (*Appelant.*) Fritzen, aide-moi.

Fritzen allume une lampe ou un flambeau, le baron fait tourner l'automate sur son pivot de façon à ce qu'il présente le dos au public. Il ôte alors la tête qui est en cire, les deux bras qui sont creux. On voit une carcasse composée de deux montants en bois, traversée par des cordes d'argent et un cylindre. Il frappe sur le cylindre, puis fait sonner les cordes; ceci fait, il replace l'automate face au public, ouvre successivement les deux compartiments du haut qui laissent voir des cordes et des cylindres également. Fritzen, pendant ce temps, place la lumière de l'autre côté des compartiments de façon à ce que la vue puisse les pénétrer de part en part. Puis le baron enlève le tiroir du bas, qu'il dépose sur l'estrade; le meuble est alors entièrement à jour et on voit la lumière au travers. — La Czarine et sa suite ont suivi cette opération avec la plus vive attention! Pendant ce qui suit Fritzen referme les compartiments et remet tout en place.

CATHERINE, absorbée à elle-même.

Je m'y perds!

LE BARON, à Catherine.

Eh bien, madame, en croirez-vous le témoignage de vos yeux?

CATHERINE, après un moment d'hésitation et avec colère.

Non!...

LE BARON, étonné.

Non?

CATHERINE.

Je ne veux m'en rapporter qu'au témoignage de ma raison.

LE BARON.

Cependant...

CATHERINE.

Écoutez, monsieur de Kempelen, je puis faire briser ce meuble!

LE BARON, avec colère.

Madame!... (Avec calme.) Ah! ce serait cruel! détruire en un instant le fruit de vingt ans de travail.

CATHERINE.

Rassurez-vous, je respecterai votre œuvre, mais vous me devez la revanche de la partie que je viens de perdre, et voici comment j'entends la prendre. Je vais faire transporter ce mécanisme dans mon palais. (Mouvement du baron.) Il y restera enfermé et gardé à vue pendant cinq jours et cinq nuits pendant lesquels nul n'en approchera, nul n'y pourra toucher. Ce temps écoulé, et en présence des personnes qui nous entourent, vous me ferez faire une nouvelle partie avec... cet automate...

LE BARON, inquiet

Une pareille proprosition... madame...

CATHERINE.

Que craignez-vous?... Si cet automate est un mécanisme, ainsi que vous me le jurez, — l'épreuve que je veux faire est sans objet; si, au contraire, ce que je persiste à croire, une personne est enfermée là... si cette personne succombe... Eh bien, c'est votre vie qui me répondra de la sienne. (Remontant vers sa suite.) Vous avez entendu, messieurs, vous avez compris, n'est-ce pas?

Tous s'inclinent.

CHRISTIAN, soulevant le damier avec le bras et se montrant jusqu'à mi-corps.

C'est indigne! J'aime mieux me livrer.

LE BARON, abaissant vivement le damier.

Malheureux!

MARIE jetant en même temps un cri à la vue de Christian.

Ah!

CATHERINE, se retournant à la voix de Christian.

Ouvrez encore ce meuble, monsieur, ouvrez-le à l'instant!

Le baron ouvre vivement les compartiments et enlève le tiroir. On ne voit plus Christian.

CATHERINE, avec colère

Ah!... (Aux gens de sa suite.) Faites ce que je vous ai dit...

MARIE, se jetant aux pieds de Catherine.

Madame, au nom du ciel!... grâce?

LE BARON, relevant sa fille.

Marie, que faites-vous? pour qui demandez-vous grâce?

CATHERINE, aux gens de sa suite, montrant l'automate.

Obéissez! (A part, regardant Marie.) S'il ne se livre pas lui-même... c'est elle qui le livrera.

Les gens de police entourent l'automate et l'enlèvent de l'estrade.

SEPTIÈME TABLEAU

Les deux serments.

Une galerie du palais. Au deuxième plan, à gauche, la porte du boudoir de
la Czarine.

SCÈNE PREMIÈRE

CATHERINE, VASILI. Catherine est assise dans un grand fauteuil
devant une table recouverte d'un tapis vert et chargée de papiers. Vasili,
debout à côté d'elle, dépouille la correspondance et lui en donne lecture.

VASILI qui a décacheté une autre lettre, après l'avoir parcourue.
M. de Flerkmann demande le grand-cordon de l'Aigle de
Pologne en récompense de sa mission à Stockholm ?

CATHERINE.
C'est trop cher !... Et je n'aime pas qu'on fixe soi-même
ses honoraires... Ajournée ! Mademoiselle de Kempelen n'est
pas encore arrivée ?

VASILI.
Pas encore.

CATHERINE, à elle-même.
Qui peut la retenir ?

VASILI, qui a parcouru une dépêche.
Oh ! voici qui devient sérieux !

CATHERINE.
Qu'y a-t-il ?

VASILI.
C'est une dépêche du gouverneur d'Orembourg. (Il lit.)
« Un nouvel imposteur vient de se montrer sur les bords du
» Volga et a déclaré publiquement qu'il était le czar Pierre III,
» échappé de sa prison au moment où des assassins allaient
» le frapper par ordre de l'usurpatrice... »

CATHERINE.
Encore ! c'est le quatrième... nous avons eu déjà Stephano,
Voronsoff... que sais-je ?

VASILI.
Ce dernier paraît plus dangereux, si j'en crois cette dépêche. (Il lit.) « Cet imposteur s'avance à la tête de qua-
» torze ou quinze mille hommes, Cosaques, Tartares ou
» Kalmouks... »

CATHERINE, haussant les épaules.
Nous en enverrons trente mille !

VASILI.

« Le gouverneur a fait marcher contre lui le colonel Bulow
» qui, surpris dans des défilés, a été tué et son détachement
» mis en déroute. »

CATHERINE.

Je vais donner l'ordre au gouverneur de Kasan d'envoyer
des renforts à Orembourg. (Elle écrit.) Mais j'avais fait demander mademoiselle de Kempelen ; voyez si elle est là ?

Pendant que Catherine écrit, Vasili sort pour rentrer presque aussitôt.

VASILI, revenant.

Mademoiselle de Kempelen n'a pas encore paru au palais.

CATHERINE.

Elle tarde bien !... (Lui donnant la dépêche qu'elle vient d'écrire.)
Vous ferez partir cet ordre aujourd'hui même.

VASILI, le prenant.

Dans un instant.

CATHERINE.

Qu'y a-t-il encore ?..

VASILI, qui a décacheté une autre dépêche.

Un rapport du gouverneur de Kasan au sujet de ce même
imposteur. Le gouverneur de Kasan le regarde également
comme très-dangereux, car il a, dit-il, une grande ressem-
blance avec feu le czar Pierre III.

CATHERINE, avec ironie.

Vraiment?

VASILI.

On croit savoir que c'est un soldat de la garde nommé
Ymélian Pougatscheff, qui a déserté il y a un mois environ.

CATHERINE, l'interrompant.

Il suffit ! En vérité, c'est nous occuper beaucoup trop de
ce chef de bandits. Laissez là ce rapport, je le lirai à loisir et
j'aviserai. (Vasili le lui remet.) C'est bien, je vous ferai appeler,
si j'ai besoin de vous, allez !..

VASILI, après avoir salué, revient aussitôt en disant :

Voici mademoiselle de Kempelen, la Czarine veut-elle la
recevoir ?

CATHERINE.

Tout de suite, qu'elle entre ! Faites fermer les portes et
veillez à ce qu'on ne vienne pas nous interrompre.

Vasili, après avoir salué, se range pour faire place à Marie, et sort.

SCÈNE II

CATHERINE, MARIE.

MARIE.

Je me rends à vos ordres, madame.

CATHERINE.

Approchez, mademoiselle de Kempelen, je vous attendais avec impatience, car nous avons beaucoup de choses à nous dire. Et d'abord, j'ai une bonne nouvelle à vous annoncer : (Avec intention) le comte Christian s'est livré ce matin, et s'est constitué de lui-même prisonnier.

MARIE, après un mouvement qu'elle réprime.

Ah !

CATHERINE.

Je m'y attendais, à vous dire vrai, car je connais le comte Christian, non-seulement il est brave, mais encore chevaleresque, généreux, et quand, avec intention, j'ai menacé le baron de le rendre responsable de la mort du prisonnier, je savais ce que je faisais. Je ne me suis pas trompée. Votre père est sans doute un grand savant, un habile mécanicien, mademoiselle, mais vous voyez qu'il n'est pas de force à lutter avec moi.

MARIE, doucement.

Ce n'est pas contre vous, madame, qu'il a essayé de lutter, c'est contre le prince Orloff...

CATHERINE.

D'abord, j'en conviens ! mais hier ? (Avec vivacité) n'avais-je pas dit que ce que je voulais, avant tout, c'était la vérité ? qu'un aveu sincère me trouverait disposée à la clémence ? Rappelez-vous, ne l'ai-je pas dit ?

MARIE.

Vous l'avez dit, madame.

CATHERINE.

Et, cependant, il a espéré se jouer de moi. — Mais ce n'est pas de lui qu'il s'agit ; c'est du comte Christian dont le sort est entre vos mains.

MARIE.

Que dites-vous ?

CATHERINE.

Je dis que ma colère est passée... et je consens à ce qu'il soit libre, mais à une condition, une seule ! Il ne sera ni à l'une ni à l'autre, ni à vous, ni à moi. Consentez-vous ?

MARIE, étonnée.

Je ne vous comprends pas !...

CATHERINE, avec impatience.

C'est bien clair, cependant, et je m'exprime nettement, ce me semble ? Est-ce qu'il faut tout vous dire et revenir sur le passé ? ce serait inutile et pénible à la fois ? Ce n'est pas ma faute, à moi, si vous êtes encore jeune fille, et je vous saurai gré de me comprendre à demi-mot. — Votre présence ici vous prouve que je ne demande qu'à oublier, que je ne suis

plus jalouse de vous... enfin, que je suis décidée à ne pas
voir en vous une rivale !

MARIE, étonnée, commençant à comprendre.

Une rivale !

CATHERINE.

Je ne veux voir en vous qu'une femme qui aime Christian
comme je l'aime... ou plutôt comme je l'aimais moi-même...
(S'interrompant en voyant Marie la regarder avec stupeur et presque de
l'effroi.) Qu'avez-vous donc et pourquoi me regardez-vous ainsi?

MARIE, tremblante.

Vous... vous aimez Christian? vous, la Czarine !

CATHERINE.

Sans doute ! Ne le saviez-vous pas?

MARIE, chancelant près de perdre connaissance.

Non !... oh! mon Dieu ! non!... non, je ne le savais pas...
(Vivement.) Oh! mais j'ai compris à présent... vous allez voir
que j'ai bien compris, car je ferai ce que vous voudrez, madame, tout ce que vous voudrez.

CATHERINE.

A la bonne heure !

MARIE.

Et Christian... vous aimait aussi ?

CATHERINE.

Il m'aimait avant de vous avoir revue... mais, encore une
fois, ne revenons pas sur le passé... Acceptez-vous ce que
je vous propose ?

MARIE.

Oui, madame... (Avec hésitation.) C'est-à-dire, je vous demande pardon de vous faire répéter... c'est que tout à l'heure
je n'avais pas l'esprit très-présent... Vous désirez qu'il ne
soit ni à l'une ni à l'autre.

CATHERINE.

Ni à vous, ni à moi ! Je ferai le serment de ne le revoir
jamais, et vous, vous accepterez la proposition que je vous
ai faite de vous marier à quelqu'un de ma maison.

MARIE.

Et à cette condition... il sera libre?

CATHERINE

Libre, à l'instant ! il partira... il s'éloignera... ce que l'a-
venir lui réserve, je ne le veux pas savoir... Il aimera sans
doute encore ; mais au moins celle-là je ne la verrai pas, je
ne la connaîtrai pas. Ce que je ne puis supporter, c'est cette
pensée qu'il va vous répéter, à vous qui êtes là... plus jeune
que moi... plus belle que moi... les paroles d'amour qu'il m'a
fait entendre.

MARIE, se cachant la figure dans ses mains.

Oh !

CATHERINE, avec colère.

C'est celte pensée, qu'il m'aura trahie, abandonnée, pour
aller vivre heureux auprès de vous!... non!... Je suis fran-
che, vous le voyez; mais ce serait chez moi une révolte de
tous les instants, un supplice au-dessus de mes forces, et
plutôt que de le subir, j'aime mieux le savoir mort!

MARIE, avec effroi.

Non! non!... calmez-vous, rassurez-vous... d'abord, il ne
m'aime pas ainsi... oh! non, allez!... j'en suis sûre... moi-
même .. maintenant, j'en suis à me demander si je l'ai véritablement aimé.

CATHERINE, vivement.

Que dites-vous là? (Avec compassion.) Pauvre petite! vous
êtes encore trop jeune pour savoir lire dans votre cœur.
Vous parlez ainsi sous l'impression de ce que vous venez
d'apprendre.

MARIE, froidement.

Je ne crois pas, madame, et la preuve en est que j'accepte
l'époux que vous daignerez me choisir.

CATHERINE, vivement.

Prenez garde! Réfléchissez bien... réfléchissez encore...
ne vous hâtez pas d'aller au-devant de mon plus vif désir...
car je vous en préviens, je saisirai l'occasion avec joie... et...
un jour, si vous deviez expier cruellement ce sacrifice... il
faudrait n'en accuser que vous-même...

MARIE.

Donnez l'ordre de mettre le comte Christian en liberté,
madame, et je le jure, quelle que soit votre volonté, elle sera
la mienne.

CATHERINE.

Soit! (Elle écrit, et donne l'ordre à Marie qui, après l'avoir lu, le lui
rend. Est-ce cela?

MARIE.

C'est cela.

CATHERINE, sonne, et donne l'ordre à Vasili qui paraît.

Le comte Christian est libre. (Rappelant Vasili.) Ah!... vous
reviendrez, Vasili; j'ai à causer avec vous.. (Vasili salue et sort.)
Mais j'ai parlé d'un serment et je tiens ce à qu'il soit prononcé...
(S'approchant d'un meuble sur lequel est un livre et l'ouvrant.) sur cet
Évangile et sur mon salut éternel, je jure de ne revoir dé-
sormais le comte Christian que comme un ami.

MARIE, s'avançant et étendant la main à son tour.

Sur cet Évangile et mon salut éternel, je jure, dès à présent, accepter l'époux que la Czarine voudra bien me choisir.

CATHERINE.

C'est bien! Quand vous plaira-t-il qu'on vous marie?

MARIE, d'un air de défi.

Dans une heure, si vous le désirez.

CATHERINE, étonnée.

Vous êtes d'une docilité... charmante ! Ou, comme vous le dites, vous n'aimiez pas véritablement le comte Christian, ou vous l'aimez... mieux que moi ! Allez donc vous préparer et revenez dans une heure. Votre union sera bénie en ma présence et dans ma chapelle.

MARIE.

Je serai prête.

CATHERINE.

A bientôt !

SCÈNE III

CATHERINE, puis VASILI.

CATHERINE, seule.

Que Christian revienne maintenant; il la trouvera mariée, car je la tiens par son serment.

VASILI, entrant.

Les ordres de la Czarine sont exécutés.

CATHERINE.

C'est bien, Vasili, je vous remercie ; je sais que j'ai toujours en vous un sujet fidèle et dévoué.

VASILI.

La Czarine peut-être assurée que chaque fois qu'une occasion se présentera de lui être utile ou simplement agréable, je la saisirai avec empressement.

CATHERINE.

Êtes-vous bien convaincu de ce que vous dites là?

VASILI.

Parfaitement convaincu.

CATHERINE.

C'est ce dont je vais m'assurer, car j'ai précisément à vous demander une nouvelle preuve de dévouement. Vasili, avez-vous songé quelquefois à vous marier?

VASILI.

Jamais, madame ; mais si cela peut vous être agréable, j'y songerai.

CATHERINE, riant.

C'est qu'il faudrait y songer tout de suite ; car je vous ai trouvé une femme.

VASILI.

Déjà ?

CATHERINE.

Jeune... charmante !... Et mon intention serait de vous unir dès ce soir.

VASILI, étonné.

Ce soir ?

CATHERINE.

Mon Dieu! oui! y verriez-vous quelque inconvénient?

VASILI.

Je ne dis pas cela.

CATHERINE.

Celle que je vous destine n'a pas de fortune, je crois; mais c'est un défaut facile à corriger; nous lui ferons une dot en rapport avec sa nouvelle position. Voyons, *récapitulons un peu ce que je vous ai donné depuis que vous êtes à mon ser-v*ce : *vos fonctions de chambellan vous rapportent vingt mille roubles ?*

VASILI, affirmatif.

Vingt mille roubles?

CATHERINE.

Je vous ai donné le château d'Olonetz, une terre en Livo-nie avec quatre mille serfs... une mine de fer dans l'Oural, l'ordre de Saint-Alexandre Newski, auquel est attaché une pension de six mille roubles... Est-ce cela?

VASILI.

La Czarine a une mémoire merveilleuse!

CATHERINE.

Est-ce tout?

VASILI.

C'est tout!... On m'avait fait espérer un peu l'Aigle blanc de Pologne?...

CATHERINE.

Vous le trouverez dans la corbeille. Voilà pour ce qui vous concerne. Songeons maintenant à votre future. — Je lui donne le palais de Riga auquel j'ajoute une terre en Courlande de dix mille paysans, (Vasili salue.) de plus cent mille rou-bles en argent, en bijoux et en diamants... Trouvez-vous que ce soit convenable?

VASILI.

C'est un dot digne de la munificence de la Czarine!

CATHERINE.

Vous consentez alors?

VASILI.

Avec reconnaissance.

CATHERINE.

Bien! Allez faire disposer ma chapelle et préparez-vous vous-même. Je rentre dans mon boudoir; vous me ferez pré-venir quand tout sera prêt. (Vasili salue; Catherine se lève et fait quelques pas pour sortir, mais elle s'arrête en voyant Vasili la regarder avec hésitation.) Eh bien? qu'attendez-vous?

VASILI, hésitant.

Si je ne craignais de commettre une indiscrétion, je me

permettrais de demander à la Czarine quelle est la femme
qu'elle me destine ?

CATHERINE, étonnée.

Comment ! je ne vous l'ai pas dit ?

VASILI, vivement.

Non ; la Czarine a oublié...

CATHERINE.

C'est mademoiselle de Kempelen.

VASILI, avec joie.

Ah ! charmante, en effet !

CATHERINE.

Vous voyez que je vous gâte, Vasili, car je double votre
fortune pour vous faire épouser une femme que tant d'autres prendraient pour rien !

VASILI.

Et mademoiselle de Kempelen consent?

CATHERINE.

Avec empressement... Elle sera ici avant qu'il soit une
heure; vous n'avez donc pas de temps à perdre si vous ne voulez pas vous laisser devancer.

Elle sort par la droite.

SCÈNE IV

VASILI, puis UN HOMME, revêtu d'un manteau qu'il laisse ouvert et
sous lequel il porte le costume d'aide de camp.

VASILI, seul.

Ce mariage double ma fortune, cela est vrai... Mademoiselle de Kempelen est charmante, cela est encore vrai... mais
ma position à la cour reste la même... une position subal-
terne .. (Indiquant la porte par laquelle Catherine est sortie.) Cette
femme-là ne m'a jamais accordé de mérite... et aussi longtemps qu'elle sera Czarine... mais patience !... Orloff doit
agir et bientôt peut-être... (S'interrompant en voyant l'homme
s'approcher de lui.) Qui êtes-vous? et que voulez-vous?

L'HOMME.

Je cherche le comte Vasili, maréchal du palais?

VASILI.

C'est moi; et, si j'en crois votre uniforme, vous êtes, vous,
le nouvel aide de camp nommé à la place du comte Christian.

L'HOMME.

Je ne suis pas aide de camp. J'ai pris cet uniforme pour
entrer dans le palais sans être remarqué, et vous parler au
nom du comte Orloff.

VASILI, tressaillant.

Ah ! plus bas, parlez plus bas !

L'HOMME, lentement et à mi-voix.

Le prince Orloff n'écrit jamais et vous prie d'écouter ce que je vais dire! C'est lui qui vous parle: la popularité du nouveau Czar grandit chaque jour. Les popes mécontents de Catherine l'ont proclamé l'envoyé de Dieu! Et les sorcières de l'Ukraine gagnées par nous l'ont déclaré invulnérable!... Aussi des provinces entières se soulèvent sur notre passage et viennent se ranger sous notre drapeau C'est comme un vaste incendie qui gagne avec une rapidité effrayante. Le succès est certain! Orembourg est pris, dans huit jours nous serons à Moscou, dans quinze à Pétersbourg! Dites à Catherine d'envoyer contre nous l'armée du prince Galitzin ; elle est composée de Khirgis, de Baskirs qui nous rendront les armes. Tous les détachements dirigés sur nous jusqu'à ce jour ont mis la crosse en l'air en voyant l'enthousiasme qui éclate de toutes parts et les prodiges accomplis par le Czar. Au lieu de soldats prêts à nous combattre, ce sont des alliés qu'on nous envoie. Enfin!... C'est toujours le prince Orloff qui parle, sans que la Czarine puisse s'en douter, faites en sorte de dégarnir la capitale de ses troupes, et l'orgueilleuse Catherine se réveillera un matin, seule, abandonnée et livrée sans défense à la colère du peuple... Point de pitié pour elle ni pour les siens. C'est moi qui régnerai sous le nom du Czar Pierre III, et le comte Vasili sera mon premier ministre...

VASILI, voyant qu'il se tait.

Est-ce tout?

L'HOMME.

C'est tout...

VASILI.

Bien! vous direz simplement à celui qui vous envoie que j'ai compris et que j'obéirai... Venez vite, maintenant, je vais vous faire sortir du palais.

Ils sortent.

SCÈNE V

CATHERINE, puis LE BARON, CHRISTIAN.

A peine Vasili et l'envoyé d'Orloff sont-ils partis, que Catherine paraît et s'arrête sur le seuil de son boudoir.

CATHERINE.

Je disais à monsieur de Kempelen que la vie n'avait rien à m'apprendre! Je me trompais... (Elle est émue, pâle, troublée comme une personne qui s'éveille d'un mauvais rêve. Elle remonte vivement vers le fond et regarde du côté par lequel sont partis Vasili et l'envoyé. Il s'éloigne avec cet homme. Puis elle redescend absorbée et revient tombe lefront dans ses mains auprès de latable.) Et je n'ai pas deviné que cette révolte était l'œuvre d'Orloff!... quelle faute!... quelle faute!...

CHRISTIAN, paraissant au fond suivi du baron, montrant Catherine.
La voici !,..

Ils descendent.

CATHERINE, sans lever la tête.
Qui vient là!

LE BARON.
Le baron de Kempelen, madame et le comte Christian.

CATHERINE, de meme.
Que voulez-vous ?...

CHRISTIAN.
Madame, rendez-moi, ma fiancée !

LE BARON.
Madame, rendez-moi, ma fille...

CATHERINE, dont la pensée est ailleurs, machinalement
Et puis ?...

LE BARON.
Seul, je dois être responsable de ma conduite envers vous; si je suis coupable, où sont mes juges ?... faites-moi conduire devant eux ?...

CHRISTIAN.
Ma vie vous appartient et je vous la rapporte ; elle ne vaut pas le prix que vous en exigez !...

CATHERINE, de même.
Après ?...

CHRISTIAN.
Que faut-il donc vous dire de plus ?

LE BARON, avec une colère sourde.
Encore une fois... rendez-moi ma fille, madame ?...

CATHERINE, se parlant à elle-même.
Une proclamation ?... on la déchirera ! Inutile de mettre sa tête à prix puisqu'on le croit invulnérable! que faire, mon Dieu ! que faire ?

LE BARON, surpris et vivement.
Mais vous ne m'écoutez pas, madame ?

CATHERINE, même jeu.
Si... de quoi s'agit-il ?... (Avec effort) Ah!... Attendez... mademoiselle de Kempelen... oui... Eh bien! elle doit épouser le maréchal du palais, le comte Vasili.

CHRISTIAN, avec colère.
Vasili !... lui !... ce misérable Vasili ! oh! quelle honte !...

CATHERINE, machinalement.
Lui ou un autre... peu m'importe !...

LE BARON.
Que dites-vous ?

CATHERINE, se levant tout à coup, très-agitée.

Je dis que je me soucie bien en ce moment de votre fille, de votre fiancée ?... Est-ce que tous les officiers de mon empire vont venir me rompre la tête de leurs sottes amours ?.. j'ai bien l'esprit à cela, en vérité ! Voilà cependant où on en arrive en occupant ses loisirs de passions mesquines, de misères pareilles !... pendant ce temps, vos ennemis agissent dans l'ombre... le flot monte... et un jour un trône s'écroule. (Avec désespoir.) C'est que je ne trouve rien !... je n'imagine rien !... Est-ce que je serais décidément perdue !

CHRISTIAN.

Au nom du ciel ! Qu'arrive-t-il ? votre couronne est-elle sérieusement menacée ?

CATHERINE.

Menacée par Orloff que j'ai exilé, que j'ai chassé, il s'est mis à la tête de mes ennemis dans les montagnes de l'Oural. Ils ont découvert je ne sais quel aventurier qui, paraît-il, ressemble au feu Czar, et ils le font reconnaitre par les provinces sous le nom de Pierre III, qui n'est pas mort, disent-ils ? qui n'est pas mort ? qu'ils aillent donc soulever le marbre de son tombeau, et ils verront ! tous les moyens leur sont bons ! Ah ! Orloff s'y connait ! Ils se servent de la religion par la voix des popes et des ermites *qu'ils ont achetés*, ils emploient la magie, les sortiléges avec les sorcières de l'Ukraine... enfin, ils mettent tout en œuvre pour soulever les populations sur le passage de l'imposteur ! et ils ont réussi ! Les troupes envoyées contre eux ont rendu leurs armes et *ont reconnu le prétendu Czar !* Que faire contre la superstition de ce peuple... contre la barbarie de ces soldats, qui se laissent prendre à ces jongleries ? Je ne sais qu'imaginer, qu'inventer ?... ma tête est en feu... et pour la première fois de ma vie j'ai peur, j'ai véritablement peur !

LE BARON.

Oui, la situation est grave, très-grave !

CATHERINE.

Envoyer de nouvelles troupes serait un danger ! Qui me dit qu'elles ne se joindront pas aux rebelles ! Ah ! ce peuple ! Barbarie !... ignorance !...

LE BARON.

Est-ce à vous de lui en faire un crime ? Vous lui avez toujours refusé la lumière, ne vous plaignez pas s'il est aveugle ?

CATHERINE, avec colère.

Monsieur !

LE BARON.

Écoutez ! Il est tard sans doute, mais tout n'est pas désespéré ! combattez vos adversaires avec leurs propres armes ? *Ruse contre ruse*, magie *contre* magie, dévoilez leurs sorti-

léges!... prouvez aux populations que l'on abuse de leur cré-
dulité par de misérables jongleries? Faites la lumière enfin !
il est temps encore !

CATHERINE.

Est-il temps encore? quand je n'ose plus compter sur personne? quand je ne sais plus à qui me fier?

CHRISTIAN.

Ma vie vous appartient, madame!

LE BARON.

Fiez-vous à moi, madame.

CATHERINE.

Mais je vous le répète, je n'ose plus compter sur la fidélité
de mes soldats.

LE BARON.

Ce ne sont pas des soldats qu'il me faut, ce sont des complices! Il m'en faut vingt, mais qui, ainsi que Christian et
moi, aient fait le sacrifice de leur vie. Pouvez-vous me les
donner, madame?

CATHERINE.

Ah! je ne sais plus... je ne sais plus...

CHRISTIAN.

Je les trouverai, moi.

LE BARON.

Eh bien! je pars... ce que je vous ai conseillé de faire, je
vais le tenter, ce ne sera pas la première fois que la science
aura à lutter contre la superstition!... Mais je vous le demande en grâce, madame, vous ne disposerez pas de la main
de ma fille avant mon retour?... Si, comme je le crains, je
ne reviens pas... Si Christian revient seul, c'est à lui que je
la confie, et si nous ne revenons ni l'un ni l'autre... vous
adopterez l'orpheline... Je la mets sous votre garde!...

CATHERINE, avec dignité.

Vous pouvez partir !

SCÈNE VI

LES PRÉCÉDENTS, MARIE, en toilette de mariée.

CHRISTIAN.

C'est elle!

LE BARON, allant au-devant d'elle.

Viens, mon enfant, et remercie la Czarine, elle veut bien
nous charger, Christian et moi, d'une mission importante,
et elle consent à ajourner ton mariage jusqu'à notre retour.

MARIE.

Vous partez?

LE BARON.

Nous partons...

MARIE, étonnée.

Tous les deux... (Signe affirmatif.) Oh! je ne sais pourquoi?
J'ai peur... mais vous nous reviendrez, mon père!

LE BARON.

Je reviendrai, rassure-toi; en mon absence, je te confie à
la Czarine... Tu lui obéiras comme à moi-même. Allons!
embrasse-moi?

MARIE, l'embrassant.

Mon père!

LE BARON, ému, l'embrassant.

Adieu, ma fille!

MARIE, effrayée.

Adieu!

LE BARON, souriant et se contenant.

Eh non!... enfant, va!... au revoir!... (Voyant Christian
regarder Marie, avec hésitation, à la Czarine.) Madame, voulez-vous
permettre au comte Christian de faire en ma présence ses
adieux à ma fille?

CATHERINE, assise et soucieuse.

Oui...

CHRISTIAN.

Marie!...

Elle se jette dans ses bras.

MARIE, émue.

Christian!...

Il l'embrasse.

LE BARON, à Christian.

Venez!... venez!...

Il l'entraîne et ils sortent par le fond.

SCÈNE VII

CATHERINE, MARIE.

MARIE, vivement.

Que signifie cela, madame? .. que se passe-t-il?... Pourquoi ce changement subit quand j'avais consenti à tout?

CATHERINE, assise.

Les événement enchainents souvent notre volonté.

MARIE.

Ainsi ce que mon père m'a dit...

CATHERINE.

C'est la vérité.

MARIE.

Mais cette mission... elle est dangereuse, n'est-ce pas?...
mon père était ému en m'embrassant!... Depuis bien longtemps, il ne m'a pas embrassée ainsi!... Oh!... j'ai eu tort
de le laisser partir...

CATHERINE.

Rassurez-vous! calmez-vous!

UN HUISSIER, entrant.

Madame, la chapelle est prête.

CATHERINE.

La chapelle?

L'HUISSIER.

On n'attend plus que vos ordres pour le mariage.

CATHERINE, à elle-même, se souvenant.

Le mariage!... Ah! Vasili!...

MARIE.

Madame, à quoi pensez-vous?... Oh! votre regard est terrible... dites-leur vite que tout est changé...

CATHERINE.

Pourquoi?... Non... Inutile! Rien n'est changé!...

MARIE.

Mais ce n'est pas possible, madame... après ce que vient de dire mon père...

CATHERINE.

Votre père n'a pas entendu les paroles de cet homme : point de pitié pour elle ni pour les siens! je ferai ce que je dois faire...

MARIE.

Ainsi, vous allez me marier à...

CATHERINE.

Vous serez la comtesse Vasili, je l'ai décidé.

MARIE.

Ah! vous êtes sans pitié, madame; les deux seuls cœurs qui m'aimaient ne sont plus là... je suis seule ici, sans défense... il vous suffirait d'un mot, et ce mot vous ne voulez pas le dire!... En me traînant à cet autel que vous avez préparé, vous me brisez le cœur!... vous savez que j'y arriverai mourante... mais que vous importe! vous voulez que j'y arrive!... oh! c'est indigne ce que vous faites là!

CATHERINE.

Vous oubliez, je crois, à qui vous parlez, mademoiselle?...

MARIE.

Eh bien!... j'ai tort... et je vous demande pardon! Tenez, me voici à vos genoux? Ayez pitié de ma douleur, de mes larmes! laissez-moi attendre le retour de Christian, madame, et je vous aimerai, je vous bénirai!

CATHERINE.

Pauvre enfant!

On entend le son des cloches, le cortége paraît au fond ; Vasili s'avance pour prendre la main de Marie. Le rideau baisse.

ACTE CINQUIÈME

HUITIÈME TABLEAU

L'ombre du Czar.

Un site pittoresque et sauvage dans les montagnes de l'Oural. — Au fond, groupe de rochers praticables et formant une sorte de grotte. — Un praticable souterrain entre les rochers du plan le plus rapproché de la scène.

SCÈNE PREMIÈRE

LE BARON, CHRISTIAN, RENÉ, puis les partisans de Catherine. Le baron porte le costume de chevrier, René et Christian portent celui de Baskirs.

LE BARON, s'arrêtant.

C'est ici.

CHRISTIAN, regardant autour de lui.

Cet endroit est vraiment sinistre.

LE BARON.

Ce sont les sorcières de l'Ukraine qui l'ont choisi.

RENÉ, riant.

De vraies sorcières?... Ah! parbleu! je serai ravi de faire leur connaissance! Et si j'en trouve une jolie... je l'emmène à Versailles!... Elle y aura beaucoup de succès.

LE BARON.

Ne riez pas!... Ces femmes ont ici une grande influence; et comme elles savent l'impression que peut produire sur des esprits superstitieux l'aspect d'une nature sauvage et bouleversée, elles ont choisi cet endroit... mais l'effet qu'elles en attendent doit servir également nos projets.

CHRISTIAN.

C'est cette nuit même que vous espérez dévoiler leurs manœuvres.

LE BARON.

Depuis trois jours, je n'ai pas quitté cet endroit; et, avec l'aide de Fritzen, j'ai pris toutes mes dispositions. J'espère réussir; je vais le tenter du moins.. mais ce n'est pas ce soldat, cet Ymélian Pougatscheff, qui est le plus à craindre. Le seul homme que nous ayions à redouter, c'est celui qui organise les bandes de rebelles, qui soulève les populations, les discipline et les commande. Si Pougatscheff est le drapeau de la révolte, Orloff en est la tête.

CHRISTIAN.

Rassurez-vous, nous avons agi de notre côté. René et moi nous avons pénétré dans le camp d'Orloff, et je sais qu'il doit le quitter pour venir ici.

LE BARON.

Ici?...

CHRISTIAN.

C'est d'après son ordre que Vlasta, la bohémienne, va renouveler cette nuit, devant les habitants de cette province, les prétendus miracles dont nous avons été témoins déjà aux environs de Kadan.

RENÉ.

Quand je pense que je suis arrivé trop tard pour y assister et pour présenter mes hommages à Sa Majesté Vlasta!... C'est une couronne qui m'échappe!... Elle aurait peut-être consenti à se mésallier avec un simple marquis.

LE BARON.

Et Orloff doit venir seul?...

CHRISTIAN.

Seul, ou avec une faible escorte... Chargez-vous donc des sorcières et de Pougats cheff, moi, je me charge d'Orloff. Mais il me faut l'aide de nos amis; où sont-ils?

LE BARON.

Ils vont venir. (Il donne un signal avec une corne suspendue à sa ceinture. Les partisans de Catherine, sous différens costumes, ceux de serfs, Kalmouks, Baskirs, Kirghis et au nombre de douze, sortent des rochers et viennent en silence se ranger autour du baron et de Christian.) Le moment d'agir est arrivé, messieurs; le comte Christian et moi, nous comptons sur vous.

MICLEWITZ.

Nous sommes prêts.

LE BARON.

Prêts à mourir pour le succès de notre entreprise?...

TOUS.

Prêts à mourir!

LE BARON.

Le comte Christian, qui arrive du camp d'Orloff, réclame votre appui. Vous lui obéirez comme à moi-même.

Les partisans saluent et entourent Christian qui leur parle bas.

SCÈNE II

LES PRÉCÉDENTS, FRITZEN, dont on ne voit que la tête, se montrant à l'orifice du souterrain pratiqué entre les rochers.

FRITZEN.

Sapremann der teufel!... Décidément, il fait trop frais là-dedans. J'ai besoin de prendre l'air !... brrr !

RENÉ, tire son pistolet et ajuste Fritzen.

Quelqu'un !... on nous écoutait !...

FRITZEN, disparaissant et reparaissant.

Un instant !... diable !... (Criant.) Ami !... ami !... ne tirez pas ?...

LE BARON.

Arrêtez, c'est Fritzen !...

RENÉ.

Que diable fait-il là ?

FRITZEN.

Mais oui, m'sieu le Baron, c'est moi qui vous attends avec impatience pour que vous voyiez si tout est bien comme vous le voulez.

LE BARON.

Je te rejoins à l'instant

FRITZEN.

Mâtin !... qu'il fait frais là-dedans. (Il éternue.) J'en étais sûr... me voilà enrhumé !

RENÉ, qui a regardé au dehors.

Un homme enveloppé d'un manteau et accompagné d'une femme, se dirige de ce côté. C'est Orloff, sans doute.

CHRISTIAN.

Et Wlasta, la bohémienne.

LE BARON, à ses amis.

Retirez-vous, messieurs, le comte Christian vous dira ce qu'il attend de vous... (A Christian.) Soyez prudent ?... Pensez à Marie,..

CHRISTIAN, à ses amis.

Venez, messieurs!... (Ils disparaissent au milieu des rochers.)

RENÉ.

A la bonne heure !.. voilà des émotions. . courir les montagnes sous le costume de ces peuplades primitives, ça repose de l'épée en verrouil et des talons rouges !

SCÈNE III

FRITZEN, puis ORLOFF et WLASTA.

FRITZEN, seul et dont on ne voit toujours que la tête.

Il parait que c'est pour cette nuit... et je n'en suis pas fâché,
car, depuis trois jours, nous travaillons comme des nègres!..
des nègres qui travailleraient trop!... Qui vient là?.. Tiens,
un particulier et une particulière?.. Deux amoureux peut-
être... il y en a partout... et cette localité est si jolie, si
jolie! Amoureux ou non, soyons discret et retournons à mon
ouvrage ! (Il disparait.)

ORLOFF, entrant suivi de Wlasta.

Voici l'endroit?

WLASTA.

Oui...

ORLOFF.

Tout le monde est-il prévenu ?

WLASTA.

A dix lieues à la ronde.

ORLOFF.

Et à quelle heure tes compagnes viendront-elles te rejoindre ?

WLASTA.

A l'heure où je sais que la lune doit disparaître du ciel, à
minuit.

ORLOFF.

Bien!

WLASTA.

Le czar va venir?..

ORLOFF.

Je l'attends. Tu sais combien il est superstitieux, et quelle
force morale vous lui avez déjà donnée ainsi qu'à ses partisans ? Il faut achever votre œuvre.

WLASTA.

Oh! vous serez content de nous!

ORLOFF.

Et les serfs, les paysans, les chasseurs de ce pays, pou-
vons-nous compter sur leur présence?

WLASTA.

Ils viendront, soyez-en sûr!

ORLOFF.

Quand ?

WLASTA.

Aussitôt que j'aurai donné le signal.

ORLOFF.

Quel est ce signal ?

WLASTA.

Un feu que je vais allumer au sommet de cette colline.

ORLOFF.

Si tu continues à m'obéir fidèlement comme par le passé, tu seras largement récompensée ; mais si tu essaies de me trahir, je t'ai prévenue du sort qui t'attend... va donner le signal...

WLASTA.

Elle gravit les rochers, puis elle disparait.

J'y vais.

SCÈNE IV

ORLOFF, seul.

Tout va bien, ces nouvelles populations se joindront à nous, et au point du jour, nous livrerons une bataille décisive ! Une seule chose m'inquiète... j'avais donné l'ordre à Vasili d'envoyer contre nous l'armée du prince Galitzin, et, d'après les rapports de mes espions, c'est le maréchal Panin qui vient à ma rencontre, à la tête des soldats de la garde ! Vasili me trahirait-il ? Oh ! non ! il sait que sa vie est entre mes mains et que je n'aurais qu'un mot à dire... Je crois plutôt que Catherine a déjà peur et ne compte plus que sur la fidélité de sa garde ! Eh bien, qu'elle vienne se mesurer avec nous, elle verra si l'on résiste à des provinces fanatisées et pleines d'enthousiasme, à demain, la victoire ! Et bientôt, orgueilleuse Catherine, tu ne seras plus qu'une femme, et je serai vengé...

Au moment où il va pour sortir, il est arrêté par Christian.

SCÈNE V

ORLOFF, CHRISTIAN.

CHRISTIAN.

Un moment, prince !

ORLOFF, tressaillant.

Prince ? toi qui me connais si bien, d'où viens-tu, qui es-tu, et que me veux-tu ?

CHRISTIAN.

D'où je viens ? De la forteresse de Schlusselbourg !... qui je suis ? un homme qui vous cherche depuis deux mois !...

6

ce que je veux? je veux vous tuer! (Découvrant ses traits.) Vous ne m'avez vu qu'une fois, mais vous allez me reconnaître.

ORLOFF, stupéfié.

Le comte Christian!

CHRISTIAN.

Le comte Christian que vous avez cru faire assassiner, et qui est là devant vous!... (Lui arrêtant le bras.) Ne jouez donc pas avec vos pistolets. Vous ne m'assassinerez pas plus cette nuit qu'à Schlusselbourg. Vous aviez des complices, là-bas! aujourd'hui c'est vous qui êtes entouré des miens.

ORLOFF, avec rage.

Un guet-apens!... (A part.)Et le Czar qui ne paraît pas!...

CHRISTIAN.

Un guet-apens? oh! non! je ne suis pas un lâche, moi! je vous méprise, c'est vrai, mais je veux vous tuer dans un combat loyal.

ORLOFF.

Un duel!

CHRISTIAN.

Si vous le voulez bien.

ORLOFF.

Non!... je ne me battrai pas!... me battre! quelle folie!... quand je vais conquérir un trône... tuez-moi!... assassinez-moi!... je ne me battrai pas!...

CHRISTIAN, tirant son épée.

Paroles inutiles, monsieur, l'épée à la main, et défendez-vous!...

ORLOFF.

C'est toi qui l'aura voulu! Eh bien, soit!

Il écarte son manteau, mais au lieu de prendre son épée, il saisit un pistolet à sa ceinture et fait feu sur Christian.

CHRISTIAN, qui a évité le coup, riant.

Ah! ah! ah! vous serez donc toujours le même!

Orloff, après avoir tiré, va pour fuir, mais il se trouve arrêté par René et les amis de Christian qui ont quitté silencieusement les rochers et le ramènent en scène le pistolet au poing et en marchant sur lui.

ORLOFF.

Que faites-vous, mes amis? Je suis des vôtres, je suis des vôtres, je suis dévoué au czar qui va venir se montrer à vous!...

RENÉ.

Le czar? Vous voulez dire Ymélian Pougatscheff?

ORLOFF.

Hein?

CHRISTIAN.

Vous croyez parler aux crédules habitants de ce pays... détrompez-vous, prince; je vous présente le marquis de Ver-

neuil; (René salue.) le capitaine Miclewitz, qui veulent bien
vous assister comme témoins.

RENÉ, parlant.

Nous allons vous faire cet honneur...

A ce moment, le feu que Vlasta vient d'allumer brille en haut de la colline
et éclaire la scène.

ARLOFF, avec rage.

Eh bien, soit !... mais je vendrai chèrement ma vie !...

Ils se battent entourés des amis de Christian, qui ont gardé le pistolet au
poing et surveillent Orloff.

CHRISTIAN, en se battant.

La colère vous aveugle, prince... vous allez manquer le
corps.

ORLOFF.

C'est ce que nous verrons !

Il porte la main droite à sa ceinture pour prendre un pistolet.

CHRISTIAN.

Ne cherchez pas votre autre pistolet !... votre balle arrive-
rait trop tard !

Il lui donne un coup droit dans la poitrine.

ORLOFFF, laissant échapper le pistolet de la main gauche et son
épée de la main droite.

Ah!

Il chancelle et tombe.

CHRISTIAN, s'approchant.

Est-il mort?

MICLÉWITZ.

Non !... mais la blessure est grave !

RENÉ.

Tudieu, Christian ! le joli coup d'épée !... il me rappelle
le mien !... Tu l'as traité en ami !

CRIS, au dehors.

Vive le czar !

CHRISTIAN.

Il était temps ! voici Pougatscheff. (A Micléwitz.) Transpor-
tez-le dans cette cabane qui est là... près d'ici... (Il désigne la
droite aux autres.) Et nous, messieurs, au-devant du czar !

Deux conjurés soulèvent Orloff et l'emportent ; les autres se dirigent à
gauche précédés par Christian en élevant leurs bonnets en l'air et en
criant avec lui.

TOUS, moins René.

Vive le czar ! hurra pour le czar !

RENÉ.

Si la belle Wlasta l'accompagne, c'est le moment de risquer la déclaration.

TOUS.

Vive le czar!

SCÈNE VI

Les Précédents, POUGATSCHEFF, vêtu du costume du czar
Pierre III, il entre précédé de Wlasta et des sorcières ; des serfs et des
paysans lui font cortège, parmi eux est le baron. Cris de vive le czar ! à
l'arrivée de Poulgascheff.

POUGATSCHEFF.
Oui, mes amis, c'est Pierre III, c'est votre czar qui est
parmi vous! Déja des populations fidèles m'ont reconnu et
se sont armées à ma voix! joignez-vous à elles. Rangez-vous
sous le drapeau que j'ai déployé pour la plus sainte des
causes.

TOUS.
Vive le czar! Vive Pierre III !

WLASTA.
Vous l'aiderez à reconquérir son trône, à punir ceux qui,
en voulant l'assassiner, n'ont pas reculé devant un crime.

TOUS.
Oui!... oui!...

POUGATSCHEFF.
Dieu qui veille sur ses élus, m'a sauvé miraculeusement
de la mort, et depuis ce jour il m'a protégé.

WLASTA.
Oui! Dieu le protége. Il l'a rendu invincible et invulnérable. Le fer, le feu, et les balles ne peuvent rien contre lui ;
vos frères de Kasan ont été témoins de ces miracles!... Ils
ont tiré a bout portant sur le Czar et pas une balle n'a pu
l'atteindre! Ils l'ont vu subir l'épreuve du feu et les flammes
se sont écartées devant lui. (Regardant autour d'elle.) Parmi vous
tous qui m'écoutez, s'il en est un seul qui doute de mes paroles... Que celui-là se montre ?

LE BARON, s'avançant.
Il est devant vous. Vous dites que cet homme est invulnérable, moi je le suis aussi et cependant je ne suis pas le
Czar, vous avez parlé de l'épreuve du feu; je suis prêt à la
subir et cependant je ne suis pas le Czar.

POUGATSCHEFF,
Misérable ! Qui es-tu donc ?

LE BARON.
Qui je suis? Vous le voyez bien? Un chevrier de ces montagnes. Et si ces créatures sont des sorcières. Eh bien, moi,
je suis un sorcier !

POUGATSCHEFF, à part.
Est-ce une trahison ?

WLASTA, *surprise.*

Quel est donc cet homme ?

RENÉ.

Vous ne le reconnaissez pas, ma belle ? Il est de votre famille cependant... C'est le diable !

LE BARON.

Ah! vous attribuez à ces femmes un pouvoir surnaturel, vous ajoutez foi à leurs paroles! Eh bien ! s'il en est ainsi, tremblez tous... mon pouvoir est plus grand que le leur... et je vais vous le prouver !

POUGATSCHEFF.

Cet homme est un traître vendu à l'usurpatrice !

WLASTA, *menaçante.*

A mort! à mort le traître !

CHRISTIAN.

Silence ! cet homme dit la vérité.

LE BARON, *avec force.*

Vous m'écouterez ! Ces perfides créatures prétendent posséder une science interdite aux profanes ? Mensonges! Elles se disent initiées aux mystères des esprits des ténèbres?... mensonges!... mensonges! Ces femmes sont vendues au prince Orloff dont elles servent les projets de vengeance... et quand pour allumer la guerre civile, elles osent mêler le nom du créateur à leurs jongleries, elles attirent sur leurs têtes la colère divine!...

POUGATSCHEFF, *et les* SORCIÈRES, *s'avançant sur le baron.*

A mort! à mort!

LE BARON, *avec force.*

Arrière! vous m'écouterez, quand je vous dis que tout vrai fils de la patrie doit se défendre de leurs piéges!... Vous m'écouterez si je vous prouve que cet homme est un imposteur, un sujet révolté! Il se nomme Pougatscheff, et ce n'est pas le czar.!... Le czar est mort, entendez-vous? Et vous me croirez peut-être, car évoquant son ombre, je vais la faire paraître devant vous!... (*Effroi général. — Allant à Pougatscheff.*) Misérable imposteur, en osant prendre la place d'un mort, tu ne crains pas qu'il sorte de son tombeau pour punir ton sacrilége... Eh bien! regarde et tremble!... (*S'approchant du rocher.*) Ombre du czar Pierre III, je t'évoque... parais!...

Entre deux rochers du plan le plus rapproché, le tombeau du czar apparaît tout à coup. La statue du czar est couchée sur la dalle qui le recouvre. Mouvement de terreur.

POUGATSCHEFF.

Est-ce un rêve ? (*Se remettant et à la foule.*) Croyez-vous donc que j'aie peur de ce fantôme?

Il court sur le praticable et perce de son épée le corps du czar qui retombe.

6.

LE BARON.

Insensé! Regarde!... (Tout à coup le czar apparaît tout entier et
en grand uniforme. Il étend le bras vers Pougatscheff d'un air menaçant en
disant : Sacrilége!...

Pougatscheff recule terrifié. L'apparition disparaît.

SCÈNE VII

LES PRÉCÉDENTS, CATHERINE, paraissant tout à coup à côté
de Pongatscheff et d'une voix forte :

Eh bien! Pougatscheff, es-tu le Czar?

POUGATSCHEFF, se courbant terrifié.

Non... non!... grâce... Je ne suis pas le czar!

CATHERINE.

Vous avez tous entendu son aveu... Emparez-vous de cet
homme.

Les soldats qui suivent Catherine entourent Pongatscheff qui se rend sans
résistance, Catherine descend.

LE BARON, qui l'a suivie avec étonnement, la reconnaissant.
La Czarine!

TOUS.

La Czarine !

CATHERINE.

Oui, la Czarine, qui voulait voir par elle-même si les
soldats de sa garde rendraient les armes aux rebelles. Eh
bien! Les soldats de la garde viennent de surprendre le
camp des révoltés qui sont en pleine déroute... et leur chef
est en notre pouvoir...

TOUS.

Vive la Czarine !

CATHERINE, allant au baron.

Je savais vous trouver ici, monsieur de Kempelen, vous
aussi, comte Christian. (Au baron.) Vous allez embrasser
votre fille... (A sa suite.) Où donc est la comtesse Vasili ?

CHRISTIAN, étonné.

La comtesse Vasili ?...

LE BARON.

La comtesse Vasili! quoi!... mariée ?

CATHERINE.

Le soir même de votre départ.

CHRISTIAN.

Est-ce possible, madame ?... quand pour vous nous allions
risquer notre vie...

LE BARON.

Au mépris de la promesse que vous m'aviez faite... Voilà donc la récompense qui m'attendait !

SCÈNE VIII

LES PRÉCÉDENTS, MARIE, descendant et s'élançant dans les bras
du baron.

MARIE.

Ah ! mon père !

LE BARON.

Ma fille, mon enfant !...

Il l'embrasse.

MARIE, tendant la main.

Christian !

CHRISTIAN.

Et vous êtes mariée !... mariée !

MARIE, écartant sa pelisse.

Je suis veuve, Christian !

CHRISTIAN, étonné.

Veuve !...

LE BARON.

Veuve !... que signifie cela ?...

CATHERINE.

Cela signifie que Vasili était le complice d'Orloff ! Justice a été faite !

LE BARON.

Mais mademoiselle de Kempelen n'était pas coupable, elle ! Je vous ai confié une jeune fille, madame, et vous me rendez la veuve d'un supplicié !...

CATHERINE.

Il est facile de parler ainsi, monsieur, au lendemain de la victoire... mais si nous avions succombé, quel eût été l'avenir de la jeune fille que vous aviez mise sous ma garde ?... La mort ou l'exil ? non, non !... tout était prévu !... Catherine morte, Catherine exilée était certaine de laisser la comtesse Vasili, la veuve de sa victime, honorée et respectée par les vainqueurs ! Catherine vivante, Catherine victorieuse la remet pure entre vos mains ! Son nom est une tache, dites-vous, effacez-la... (Avec effort.) Et qu'elle se nomme désormais la comtesse Christian !

CHRISTIAN.

Ah ! madame !... Marie ! mon père !

RENÉ.

Ma foi! vive la Czarine!...

TOUS.

Vive la Czarine!!

FIN.

NOTA. Les Directeurs de la province et de l'étranger qui dési-
reraient monter le drame de *la Czarine*, auront à s'adresser pour
l'automate, joueur d'échecs, à M. Robert Houdin, à Saint-Gervais,
près Blois.

POISSY. — TYP. DE A. BOURET.